U0097215

中國語言文字研究輯刊

八 編

許 鋑 輝 主編

第 2 冊

西周金文地名研究（下）

陳 美 蘭 著

花木蘭文化出版社

國家圖書館出版品預行編目資料

西周金文地名研究（下）／陳美蘭 著 -- 初版 -- 新北市：花
木蘭文化出版社，2015〔民 104〕
目 4+180 面；21×29.7 公分
（中國語言文字研究輯刊 八編；第 2 冊）
ISBN 978-986-322-973-5（精裝）

1. 金文 2. 西周

802.08   103026711

中國語言文字研究輯刊
八 編　　第 二 冊　　　　ISBN：978-986-322-973-5

西周金文地名研究（下）

作　　　者　陳美蘭
主　　　編　許錟輝
總 編 輯　杜潔祥
副總編輯　楊嘉樂
編　　　輯　許郁翎
出　　　版　花木蘭文化出版社
社　　　長　高小娟
聯絡地址　235　新北市中和區中安街七二號十三樓
　　　　　　電話：02-2923-1455／傳眞：02-2923-1452
網　　　址　http://www.huamulan.tw　信箱　hml810518@gmail.com
印　　　刷　普羅文化出版廣告事業
初　　　版　2015 年 3 月
定　　　價　八編 17 冊（精裝）　台幣 42,000 元

西周金文地名研究（下）

陳美蘭　著

目
次

第四章　西周金文中的南方地名

〔1〕🔲𠂤（臺𠂤）

【出處】

　　𫌏方鼎 02789：「隹（唯）九月既𣎴乙丑，才（在）<u>臺𠂤</u>，王卿姜事內史友員易（錫）𫌏玄衣朱襮裣。𫌏拜頴首，對揚王卿姜休，用乍（作）寶🔲鬲障鼎，其用夙夜𩰫孝于氒（厥）文且（祖）乙公，于文妣日戊，其子子孫孫永寶。」〔圖三十四〕

　　𫌏簋 04322：「隹（唯）六月初吉乙酉，（在）<u>臺𠂤</u>，戎伐馭，𫌏達（率）有嗣、師氏奔追𢾭戎于𩈡林。博（搏）戎𩁹。朕文母競敏啟行，休宕氒心，永襲氒身，卑克氒啻（敵），隻馘百，執訊二夫，孚戎兵：盾、矛、戈、弓、備（箙）、矢、裨、胄，凡百又卅又五叔，孚戎孚人百又十又四人。卒博。……」〔圖三十五〕

【考證】

　　🔲，羅西章等人隸定作「堂」，唐蘭也釋爲「堂」，唐氏云：「堂原作臺，

上半從直，下半從𠂤即嫁字。《說文》堂字籀文作𡐦，堂嫁通。」〔註1〕容庚《金文編》（四訂版）2172 號堂字條下收錄二形，又在附錄下 554 號重收。劉釗則釋為嫁，他詳細論證字形如下：

> 按字從「京」從「𡉚」，「京」應為京字之省，金文小臣俞尊言「王省𡒄京」，「京」即京字之省。「𡉚」字從「尙」從「止」。古文字中「尙」字在與其它形體組合成複合形體時，常常可省去所從之「口」，「尙」即「尙」字之省，「𡉚」尙從止，應釋為「𨗇」。《說文》：「𨗇，距也，從止尙聲。」金文「𨗇」複從「京」，應為迭加的聲符，《說文》堂字籀文作「𡐦」，《說文》謂從「京省聲」。堂可從京聲，𨗇自然也可從「京」聲。古音𨗇在定紐陽部，京在見紐陽部，古見系與舌音常可通轉，二字疊韻，故「𨗇」可加「京」字為聲符。〔註2〕

劉氏解字析形甚詳，應是可信。

「壴𠂤」，見於西元 1975 年陝西扶風出土的伯戜三器。單從戜方鼎銘文，並無法判斷壴𠂤大致所在，結合戜簋銘文則可得到一些可循的線索，戜簋記載了戎伐戜，戜率領有嗣師氏追擊于臧林（即棫林），又在龔搏擊戎，釐清簋銘的「戎」屬及其活動地區，有助於推斷壴𠂤所在。簋銘的戎即另一件戜方鼎所載的「淮戎」，器主同是戜，該鼎淮字從水從唯，李學勤〈從新出青銅器看長江中下游文化的發展〉（《新出青銅器研究》頁 271）已指出：「淮戎的淮字從唯，與曾伯霎簠淮夷之字同。《尙書‧費誓》：『徂茲淮夷、徐戎並興。』徐可稱戎，淮夷也可稱淮戎。」李說可從。〔註3〕銘文中還有兩個地點，一是棫

〔註1〕 羅西章、吳鎮烽、雒忠如〈陝西扶風出土西周伯戜諸器〉，《文物》1976 年 6 期，頁 51；唐蘭〈用青銅器銘文來研究西周史──附錄 伯戜三器銘文的譯文和考釋〉，《唐蘭先生金文論集》，頁 507。

〔註2〕 劉釗《古文字構形研究》，吉林大學博士論文（1991），頁 134～135。

〔註3〕 唐蘭以為簋銘的「淮戎」並非淮夷，主要是由於他認為簋銘的棫林在今陝西涇水西，如果淮戎果真是淮夷，那麼從陝西涇西遠征到淮水流域一帶，距離恐怕太遠了，唐氏以為淮戎的淮可讀為濩，淮戎就是在陝西焦獲的獫狁，詳見唐蘭〈用青銅器銘文來研究西周史──附錄 伯戜三器銘文的譯文和考釋〉，頁 507。唐說舉證稍嫌迂曲，李說則有其他銘文及文獻為據，應是可信。

林，在今河南葉縣一帶（參本章「朂林」條目下）；一是猷（即胡國），其地望在今河南偃城。〔註4〕從簋銘的記載看來，在淮水流域活動的淮戎侵犯周地，因此致率師搏戎，結合朂林與猷國地望，<u>韋￼</u>可能也在這一帶附近。

〔2〕朂林

【出處】

致簋 04322：「隹（唯）六月初吉乙酉，（在）<u>韋￼</u>，戎伐<u>￼</u>，致達（率）有嗣、師氏奔追<u>￼</u>〔註5〕戎于<u>朂林</u>。搏戎<u>￼</u>。」〔圖三十五〕

〔註4〕 李學勤謂「搏戎猷」是「在猷國遇敵搏戰」的意思，可從。至於朂林與猷的地望，拙文採用裘錫圭先生的意見，各家異說詳參裘先生〈談致簋的兩個地名——朂林和胡〉，《古文字論集》，頁386～392。

〔註5〕 「追<u>￼</u>」一詞見於致簋與敔簋，<u>￼</u>字一般學者多釋爲御，但是<u>￼</u>字形體與御字顯然有別，裘錫圭先生認爲此字可能是「遮闌」之闌的古字，銘云「追闌」猶「追蹤邀擊」之意，見裘先生〈戰國璽印文字考釋〉，《古文字論集》，頁478～479。裘先生根據古璽从絲諸字，並結合甲金文的相關字形，作全盤的考量，見解肯綮，相較於歷來的說法，無論在形義或文意上，都相當切於銘文的意旨，唯一要考量的是，「追闌（攔）」一詞不見於目前所見的先秦文獻，而以「闌（攔）」字作爲與軍隊追擊有關的文例，似乎也不得見。竊疑致簋與敔簋的「<u>￼</u>」字，或可讀爲「襲」，上海博物館收藏了幾件晉侯<u>￼</u>盨，盨銘內容是：「隹（唯）正月初吉庚寅，晉侯<u>￼</u>乍（作）寶障般盨，其用田獸（狩），甚（湛）樂于邊<u>￼</u>（隰），其邁（萬）年永寶用。」「邊隰」一詞與《周禮・夏官》：「邍師，掌四方之地名，辨其丘陵墳衍邍隰之名」正同，馬承源將「<u>￼</u>」字釋爲「隰」，甚是，見馬承源〈晉侯<u>￼</u>盨〉，《第二屆國際中國古文字學研討會論文集》（香港：香港中文大學中國語言及文學系，1993），頁221～229。盨銘的隰字作「<u>￼</u>」，與致簋、敔簋的「<u>￼</u>」字形體如出一轍，有這條鐵證如山的材料，使我們對「<u>￼</u>」字的讀法有重新審視的機會。疑<u>￼</u>字讀爲襲，《左傳》莊公二十九年：「凡師，有鍾鼓曰伐，無曰侵，輕曰襲」，<u>￼</u>（音隰）、襲二字並屬邪紐緝部，聲韻畢同，或可備一說。附帶說明，金國泰亦引上述盨銘「邊隰」之「隰」證明「追<u>￼</u>」之「<u>￼</u>」的音讀，不過金氏讀爲「捷」或「截」，並接受劉心源的說法，將「<u>￼</u>」字釋爲「絕」，見金國泰〈西周軍事銘文中的「追」字〉，《于省吾教授百年誕辰紀念文集》，頁109～110。金氏釋字的主要根據是兩件「<u>￼</u>」字作爲人名的商器，金氏謂兩件商器「<u>￼</u>」字左下所从的「止」形應是倒刀之形，而「<u>￼</u>」字左旁即象以刀斷絲之形，然而致簋、敔簋及晉侯<u>￼</u>盨的字形，明顯地是从絲

【考證】

　　鹹林，唐蘭釋爲「棫林」，他說：「棫字原作𣂪，下从囯，即周字。鹹林即棫林。」〔註6〕可從。

　　棫林是𢾰追擊淮戎的地方，唐蘭主張此棫林故地在涇水西，也就是陝西扶風、寶雞一帶。唐說主要可能是由於他對簋銘「戎」的地望有特別的看法，簋銘的戎即𢾰方鼎所載的「淮戎」，唐氏認爲鼎銘「淮戎」的淮字與淮水無涉，淮夷從來不稱戎，淮字應該讀爲濩，即渭北玁狁所居的焦獲，淮戎是玁狁的前身，但是他的舉證有些未愜人意之處。〔註7〕實際上，從西周金文及文獻中都可以看出，當時的「戎」除了指西方外患——玁狁之外，也可以指王畿以東或南的外族，如班簋有「東或㾯戎」，雖然我們不能確知「㾯戎」究竟何指，但該戎處於東方（此「東或」也許是廣義的東方，可能包含夷人活動的東南方）是毋庸置疑的；又如翏生盨：「王征南淮尸（夷），伐……。翏生從，執訊折首，孚戎器」，銘文中「戎器」之戎顯然就是指南淮夷；至如文獻材料，《尚書·費誓》：「徂茲淮夷、徐戎並興」，李學勤謂「徐可稱戎，淮夷也可稱淮戎」，結合《尚書》與金文的例證，李說應是可從的。因此，𢾰簋與𢾰方鼎所提到的「淮戎」或「戎」，恐怕還是宜指淮夷流域一帶。

　　另一個影響𢾰簋地望考證的主要因素——「搏戎𩵦」一句究竟如何釋讀。唐蘭認爲「戎𩵦」即「戎胡」，即「戎」，「搏戎胡」就是「搏戎」，也就是和戎胡搏戰之意；至於爲何「戎」得以稱爲「戎胡」，他以爲這是因爲「戎又稱胡，而合稱爲戎胡，與商稱殷商，楚稱荊楚同例。胡就是匈奴兩字的合音，說得急了就是胡；說得慢了，變爲兩個音節，就是匈奴」。李學勤則解釋爲「在𩵦國遇敵搏戰」；〔註8〕裘錫圭先生也贊同此說，他認爲「搏戎𩵦」即「搏戎于𩵦」，並

　　從止从卪，無一例作从倒刀之形者，故金氏對「𩰖」字的推論恐怕有待商榷。

〔註6〕唐蘭〈用青銅器銘文來研究西周史——附錄　伯𢾰三器銘文的譯文和考釋〉，《唐蘭先生金文論集》，頁507。本條目所見唐蘭之說皆出自此文，不別出注解。

〔註7〕唐蘭舉卜辭禷祭字爲例，以該字本从艸从示从隹、艸或省作又、或只从示从隹爲例，說明隹字可讀爲隻，實則卜辭禷祭是否可逕釋作从示从隻之字，尚待商榷，況且卜辭的隻（即獲字）是从又从隹的會意字，未見隻字省又旁者，因此唐說較難令人信服。再者，𢾰方鼎淮戎的淮字从唯，李學勤已經指出與曾伯䰧簋「淮夷」之淮同，見李學勤〈從新出青銅看長江下游文化的發展〉，《新出青銅器研究》，頁271。

〔註8〕同前，頁265。

舉《左傳》襄公二十六年「敗之圍」、多友鼎「或搏于韏」等例爲證。〔註9〕對
於這幾種主要說法，尙志儒有所評述：

> 「搏戎馘」一句字順意明，是指威與戎馘搏戰於馘林，其句法與多友
> 鼎的「搏於郱」、「搏於韏」實不相同。威簋銘文是先交待了具體作戰
> 地點──馘林後，接著便敘述周軍與戎胡搏戰，而多友鼎則是先指
> 出作戰對象──玁狁，然後方記周軍又追至「郱」、「韏」兩地與之
> 搏戰的，雖然兩器銘記載作戰雙方及地點的次序先後顛倒了，但是
> 銘文本身條理分明，內容齊全，釋讀時當不應在「戎馘」之間另加
> 「於」字，將其分拆。否則，便會在一句銘文中同時出現兩個具體
> 作戰地點，這顯然與原銘意義不合，所以，馘不應爲地名，而正如
> 唐蘭先生所言，是一個合稱之爲戎胡的族名，即後來的匈奴。……
> 〔註10〕

尙氏深入分析威簋與多友鼎兩器記載作戰的經過，不過他只舉出「搏于郱（尙
氏釋）」、「搏于韏」兩例，不易看出全貌，茲列出多友鼎相關的銘文，以便比
較：

> 唯十月，用玁狁放興，廣伐京自，告追于王。命武公遣乃元士羞追
> 于京自，武公命多友率公車羞追于京自。癸未，戎伐筍，卒孚，多友
> 西追。甲申之脣，搏于絴，多友右折首執訊，……。或搏于韏，折
> 首卅又六人……。

〔註9〕　裘錫圭〈談威簋的兩個地名──椷林和胡〉，《古文字論集》，頁387。
〔註10〕　尙志儒〈鄭、椷林之故地及其源流探討〉，《古文字研究》第十三輯，頁442。特別
　　　　說明一點，尙氏從唐蘭之說，並結合自然地理環境與西周考古發現，提出他的看
　　　　法：「西勸讀村遺址依山抱水，地勢平坦，土質肥美，是一處理想的居住地。從椷
　　　　字所從的字形結構推測分析，此處似即西周金文的下減、減及《世本》、《左傳》
　　　　襄公十四年的椷林故地。此地位於椷山之陽，山上多椷橝，故經傳此字從木，爲
　　　　椷林，此地近水，故字又可從水，爲減，此地不僅近周原，又有周王宮室、寢廟
　　　　之類重要建築，故字又可從周，作馘林。總之，椷林所以會出現上述幾種不同偏旁，
　　　　正好十分維妙維肖的反映出此地與周圍自然地理環境密切相關的淵源關係。」尙
　　　　氏全文論據十分詳盡，不過唯獨威簋的椷林有待商榷，結合威簋「淮戎」的活動地
　　　　域所在，若簋銘的椷林位於陝西鳳翔一帶，則顯得不甚合理，所以威簋的椷林一地
　　　　恐怕不宜在陝西鳳翔境內。

從鼎銘文可以明顯看出，簋銘「夋率有嗣師氏奔追鄧戎于臧林，搏戎馘」，與鼎銘「命武公遣乃元士羞追于京皀，……搏于𥈭，……或搏于𩰚……」如出一轍，只是繁簡略有差別而已。夋一行人追戎到了臧林，並進一步在馘（胡）國與戎搏戰，文從意順。再者，尚氏對於簋銘的「戎」，仍採取唐氏的解釋，然而上文已經提到，簋銘的「戎」應是夋方鼎的「淮戎」，也就是淮水流域的戎，結合「淮戎」的地望，李、裘二氏的意見顯然比較合理。

在釐清淮戎的大致地域之後，對於夋簋「臧林」一地的地望就有了比較明確的指標。《左傳》有兩個同名異地的棫林，一是陝西境內的棫林，見襄公十四年記晉國伐秦之事；〔註11〕一是故許地，也就是河南境內的棫林，見襄公十六年晉侯伐許之事。裘錫圭先生認為簋銘的棫林應屬後者，他說：

> 《左傳·襄公十六年》記晉以諸侯之師伐許，「夏六月，次于棫林。庚寅，伐許，次于函氏」。杜注：「棫林，函氏，皆許地。」當時許都于葉（《左傳·成公十五年》「許遷于葉」），在今河南葉縣。《春秋大事表·列國都邑表》認為域林在葉縣東北，大致可信（近年出版的《中國歷史地圖集》第一冊25～26把棫林畫在今葉縣之東）。淮戎入侵所至的棫林，應該就是這個棫林。〔註12〕

從淮戎與馘國地望看來，裘氏釋地應是可信的。至於唐氏所說陝西境內的棫林，與夋簋的臧林也許可以視為同名異地的例子。

〔3〕䡅

【出處】

夋簋 04322：「隹（唯）六月初吉乙酉，（在）𤔲皀，戎伐䡅，夋達（率）有嗣、師氏奔追鄧戎于臧林。」〔圖三十五〕

【考證】

　　䡅字，唐蘭《史徵》（頁 409）云：「原作『䡅』字，從車叔聲，疑即《說

〔註11〕 《左傳》襄公十四所提到的棫林可能與金文所見的「淢」或「下淢」有關，參第二章「淢（下淢）」地條目下。

〔註12〕 裘錫圭〈談夋簋的兩個地名——棫林和胡〉，《古文字論集》，頁388。

文》輯字。此處爲地名，未詳」，不知唐氏謂「原作『軜』字」的根據爲何，且金文車字不作此形，唐說待商。鞃字不識，暫依形隸定，從簋銘「鹹林」及「鼓」的所在推敲（參本章「鹹林」條目下），鞃地可能在離此不遠處。

〔4〕華

【出處】

命簋 02644：「隹（唯）十又一月初吉甲申，王才（在）華，王易（錫）命鹿，用乍（作）寶彝，命其永已多友簋飤。」〔圖三十七〕

【考證】

華，唐蘭《史徵》（頁 338）以爲即《國語・鄭語》的華邑。〈鄭語〉記史伯答桓公興衰之道：

> 史伯對曰：『……是其子男之國，虢、鄶爲大，虢叔恃勢，鄶仲恃險，是皆有驕侈怠慢之心，而加之以貪冒。君若以周難之故，寄孥與賄焉，不敢不許。周亂而弊，是驕而貪，必將背君，君若以成周之眾，奉辭伐罪，無不克矣。若克二邑，鄢、蔽、補、舟、依、𢎥、歷、華，君之土也。』……公說，乃東寄帑與賄，虢、鄶受之，十邑皆有寄地。」

> 韋注：「二邑，虢、鄶。言克虢鄶則此八邑皆可得也」，「華，華國也」，「十邑，謂虢、鄶、鄢、蔽、補、舟、依、柔、歷、華也。後桓公之子武公，竟取十邑而居之，今河南新鄭是也。賈侍中云：寄地猶止也。」

酈道元認爲〈鄭語〉的華即《史記》的「華陽」，《水經・洧水注》：

> 黃水出太山南黃泉，東南流逕華城西。史伯謂鄭桓公曰：華，君之土也。韋昭曰：華，國名矣。《史記》秦昭王三十三年，白起攻魏，拔華陽，走芒卯，斬首十五萬。司馬彪曰：華陽，亭名，在密縣。〔註13〕

〔註13〕楊守敬、熊會貞《水經注疏・洧水注》卷二十二，頁 1844～1845。

韋、酈皆主張華是國名，不過清人董增齡則認爲〈鄭語〉的華不得爲國名，他說：「按此八地皆屬虢鄶，不得云國也。」〔註14〕從〈鄭語〉的記載看來，恐怕還是以韋說爲是。十邑即包含虢、鄶及其他八邑，這裏所謂的邑可能是以都邑代表國，《說文》云：「邑，國也」，林澐曾對邑與國進行辨析：

> 在古漢語中，國和邑這兩個語詞在意義上有一定的聯繫。東周時代的人往往把國稱爲邑，這在《左傳》、《戰國策》中可以找出許多例子。所以，西漢司馬遷寫《史記》時，把〈湯誓〉的「率割夏邑」改寫爲「率奪夏國」、〈牧誓〉的「以奸宄于商邑」改寫爲「以奸軌于商國」。……邑先於國出現，國是在已經存在眾多的邑的背景上形成的。因而，國這種地域性組織必然包含有邑，……。有大量的資料可以證明當時人特別重視國都，並把國都作爲國的代表，……國都雖然有特殊性，仍然是邑的一種而可以籠統地稱之爲邑。由此之故，國和邑才發生語義上的聯繫。實際上，只有都邑可以稱國，在修辭上以邑代國的場合，通常都可以把邑理解爲暗指國都的。〔註15〕

林氏辨析邑與國的關係，見解精到。史伯建議桓公先克虢鄶二邑，則其他八邑盡爲桓公之土，清儒董增齡想是因此而斷定「八地皆屬虢鄶」，然揣諸〈鄭語〉文意，未必盡然，蓋當時「虢叔恃勢，鄶仲恃險，是皆有驕侈怠慢之心，而加以貪冒」，其他八國自是受制於虢、鄶，所以史伯才會如此建議桓公。因此，〈鄭語〉所見的「華」是國名，應是可信的。

另有幾件可能與華地有關的西周金文：

大夫始鼎02792：「王在華宮。」（西周中期）〔圖三十八〕

何簋04201：「隹（唯）三月初吉庚午，王才（在）華宮。王乎（呼）虢中（仲）入右何，王易（錫）何赤市朱亢、絲旂。……」（西周晚期）〔圖三十九〕

華季❳盨04412：「華季❳作寶簋。」（西周晚期）〔圖四十〕

〔註14〕董增齡《國語正義》（成都：巴蜀書社，1985）卷十六，頁六。

〔註15〕林澐〈關于中國早期國家形式的幾個問題〉，《吉林大學社會科學學報》1986 年 6 期，頁 1～2。

「華季🔲」是人名，華是國（氏）名，季為行次，🔲為私名，吳鎮烽《金文人名匯編》（頁 217）謂此人為「華國公族」。至於「華宮」，唐蘭認為此宮名尚不易瞭解，但是從金文通例看來，他推測其中一定也有宗廟，〔註 16〕唐蘭對於西周銅器的宮室作過一番詳實的考證，在證據不是十分充分的情形，唐氏並不妄加揣測。不過，結合其他材料，「華宮」應該還是可以作一個合理的解釋。西周金文所見的「某宮」之某，其實也有使用處所名稱的例子，如「蒡宮」（卯簋）、「蒡上宮」（儵匜）、「豆新宮」（散氏盤）等，蒡就是金文習見的蒡京，豆則是散、矢誓約的地點。再者，文獻也有類例，如《竹書紀年》「穆王所居鄭宮春宮」的「鄭宮」，也就是鄭地的宮名。從這些現象看來，「華宮」的確有可能是華地（或華國）的宮室名。姑記於此，以備參考。

　　唐蘭考證簋銘的華即〈鄭語〉的華邑，華的地望在河南省新鄭縣東南三十里處，〔註 17〕於史有徵，可備一說。特別要說明一點，方國名雖不在拙文處理之列，但是因為〈鄭語〉的華國不知始封於何時，因此有些可能的情況：〈鄭語〉的華國有可能是東周時才興起的小國，不過以地名國而已；也可能早在西周時期時已經立國，只是史所闕載；再者，上文雖然列舉出西周金文可能與華國有關的幾件銘文，但是其時代也都不早於命簋（西周早期）。凡此種種，皆不能遽定，所以命簋的「華」，拙文仍將命簋的「華」別列一條目，以一般地名處理。

〔5〕矾

【出處】

噩侯馭方鼎 02810：「王南征，伐角、潏，唯還自征，才（在）矾，噩侯馭方內壺于王，乃鄩之。馭方友王，王休匽，乃射，馭方鄉王射，馭方休蘭，王匽，咸盦。王窺（親）易（錫）馭□□五斛、馬四匹、矢五□。□方拜手頶首，敢□□天子不（丕）顯休贅，□乍（作）障鼎，其邁（萬）年子子永寶用。」〔圖四十一〕

〔註 16〕唐蘭〈西周銅器斷代中的「康宮」問題〉，《考古學報》1962 年 1 期，頁 31。

〔註 17〕顧祖禹《讀史方輿紀要》卷四十七，頁 1997。

【考證】

西周金文有幾個字——𥘿（噩侯馭方鼎）、𩰫（競卣）、𥘿（麥尊），學者多半將此三字視爲一地。王國維跋噩侯馭方鼎云：

> 此鼎第二行有矿字，與秦公敦「十有二公，在帝之矿」之矿同，而此
> 係地名，其字從土下加丿，不可識。曩見日本住友氏所藏一卣云：「隹
> 伯犀父以成皀即東，命伐南夷，正月既生霸辛丑，在𩰫」，唯小篆從
> 土之字，古文多從章，如城字，城虢中敦作𩰫；……堵，邵鐘作𩰫……。
> 矿𩰫同爲南征所經之地，則矿即𩰫字，亦即坏字，《說文》：「坏，丘
> 再成者也」，則大伾之山以再成得名，此矿殆即大伾歟？自成皀而東
> 過大伾，此敦記王還在坏，而鄂侯馭方覲王，則鄂之國境亦可推測
> 矣。乙丑（美蘭案：民國十四年）十月。〔註18〕

後來學者考證相關銘文，莫不受王氏影響，如郭沫若考釋噩侯鼎即引述王國維的說法，並認爲麥尊的𥘿字也是一字；〔註19〕吳其昌考釋競卣，也認爲噩侯馭方鼎的𥘿、秦公簋的矿與競卣的𩰫，三字均可釋爲從土從不的坏字；〔註20〕其他如吳闓生、于省吾、劉節等都主張，噩侯馭方鼎、競卣、麥尊三器所指字形爲一地。〔註21〕王國維從形旁通用說明𩰫字即坏（坯），是相當精闢的見解，但是與其他幾器是否果爲一字，可能有斟酌的必要，如王氏謂噩侯馭方鼎的「𥘿」字與秦公簋的「矿」字皆「從土從不」、吳闓生等將麥尊的「𥘿」字一併納入坏地之列。從拓片原字觀察，競卣的𩰫與噩侯馭方鼎的𥘿、麥尊的𥘿，雖然都從「不（丕）」得形，但是另一個偏旁則各自有別（三字另一偏旁所從將隨所列各條地名說明），如果單純從音理——不（丕）聲——直接連繫三者的關係，似乎略有未安，而且三器的時代橫跨西周早中晚期（麥尊——早期、競卣——中期、噩

〔註18〕 王國維〈鄂侯馭方鼎跋〉，《海寧王靜安先生遺書（三）》，頁1286～1287。

〔註19〕 郭沫若《大系》（頁40）釋麥尊：「噩侯鼎『唯還自征，在𥘿』，與此形近，當即此字之刊失。」

〔註20〕 吳其昌《金文麻朔疏證》，卷五頁二。

〔註21〕 吳闓生《吉金文錄》四·六釋邢侯尊云（即麥方尊）：「𥘿，地名，噩侯鼎王南征還在𥘿，競卣作𩰫」；于省吾《雙劍誃吉金文選》上二·廿釋麥尊，以爲尊銘的坏與噩侯馭方鼎爲一地；劉節〈麥氏四器考〉：「𥘿當爲地名，亦部族名，並見於競卣、噩侯馭方鼎。」見《古史考存》（人民出版社，1958），頁352。

侯馭方鼎——晚期），在種種考量下，雖然前輩學者多謂三字一地，拙文仍不敢遽定，因此姑且將三器所見地名分別條目處理。

🔲字，左旁從不字無疑，右旁則多數學者都隸定作𠂤（從十從厂），並與秦公簋「在帝之𠂤」的「🔲」字並視，王國維認為𠂤字右旁是「從土下加丿」，王輝則認為：

此字從不從𠂤，不亦聲。𠂤下為厂，厂即山厓，不與丕通，義為大，

故𠂤本義實即大山。〔註22〕

二王析形有別，從字形看來，王輝謂「𠂤下為厂」的確不錯，不過厂上從「十（才？）」形究竟取義如何，則不得而知。再看噩侯馭方鼎的🔲字，從表面看來，「🔲」字與秦公簋的「🔲」字似乎十分相近，實際上除了與秦公簋的𠂤字左旁並從不字之外，其右偏旁恐怕不甚相類，無論是王國維釋「土」（「土下加丿」）或王輝釋「厂」（「𠂤下為厂」），都與「🔲」字所從有一段距離，因此若要將鼎、簋二形視為一字，其間的演變過程可能需要更進一步的證明。柯昌濟《韡華閣集古錄跋尾》乙上一·五二獨排眾議，認為🔲字應是從丕從屯，柯氏釋右旁從屯字，與西周金文習見的屯字（參《金文編》0060號）極為近似，如果銘文字形並未訛變的話，那麼柯氏析形極有可能成立。

🔲字無論是釋為𠂤，或釋為從不（丕）從屯，均有可能從不（丕）得聲，王國維懷疑該地即文獻的大伾山，吳其昌進而考訂其地在河南成皋，〔註23〕郭沫若（《大系》頁107）謂即河南省汜水縣的大伾山，吳、郭所考實為一地。〔註24〕倘如此說，則鼎銘所載必須理解為：周王在南征還師時，一行到了成周以東的大伾山，從銘文又看不出噩侯馭方隨行的跡象，那麼此時噩侯馭方應該算是特地前往「內壺」于周王，並與周王宴飲鄉射。我們當然不能排除這個可能性。

不過，竊揣鼎銘前後文意：「王南征，伐角、遹。唯還自征，才（在）🔲，噩侯馭方內壺于王，……」，也有可能周王在南征北返的路上，停腳於噩國不遠

〔註22〕王輝《秦銅器銘文編年集釋》（西安：三秦出版社，1990），頁18。

〔註23〕見吳其昌《金文麻朔疏證》，卷五頁二至三。

〔註24〕李兆洛《歷代地理志韻編今釋》（揚州：江蘇廣陵古籍刻印社，1992）卷七「成皋」下云：「〔今〕河南開封府汜水縣。」，頁三。又顧祖輿《讀史方輿紀要》卷四十七汜水縣下有成皋城，頁2029。

的矿地，此時噩侯對周王有所進獻，也由於噩國對於周室南疆防禦的重要性，因此周王對噩侯也十分禮遇，賞給了噩侯馬匹束矢等物。其實王國維早已注意到噩國所在與矿的關係，上引王氏跋文有幾句話值得深思：「此敦記王還在坏，而鄂侯馭方觀王，則鄂之國境亦可推測矣」，顯然王氏也認爲矿之所在當離噩國不遠，只是王氏是由大伾山來推斷噩國所在，而非從噩國地望來考慮矿地所在。對於西周時期的噩國地望，歷來有西噩（河南南陽盆地）、東噩（湖北鄂城）二說，徐少華結合文獻及銘文，主張西周之噩仍以西噩說爲宜，其地望在南陽盆地的西噩故城〔註25〕，而此地望也符合周王還師路經之途。因此，拙文以爲，鼎銘的矿地很可能就在離噩國不遠之處。

〔6〕歷內

【出處】

禹鼎 02833-4：「烏虖哀哉！用天降大喪于下或，亦唯噩侯馭方達（率）南淮尸（夷）、東尸（夷），廣伐南或、東或，至于歷內。王迺命西六𠂤、殷八𠂤曰：戮伐噩侯馭方，勿遺壽幼。肆𠂤彌怵訇匡，弗克伐噩，肆武公迺遣禹達（率）公戎車百乘，斯馭二百、徒千，曰：于匡朕肅慕，叀西六𠂤、殷八𠂤，伐噩侯馭方，勿遺壽幼。雩禹吕武公徒馭至于噩，臺伐噩，休隻（獲）氒（厥）君馭方。肆禹又成，敢對揚武公不（丕）顯耿光，用乍（作）大寶鼎，禹其萬年子子孫孫寶用。」〔圖四十二〕

【考證】

宋代的金石著錄書中有一件「穆公鼎」，〔註26〕其內容與西元 1942 年出土於陝西岐山縣任家村的禹鼎相同，〔註27〕可能是由於宋人誤把作器者𠕋（禹）摹爲𢆶（成），並釋爲成字，故後人也有因此誤稱爲成鼎者。〔註28〕直到禹鼎出

〔註25〕東、西噩之說及徐少華的論據詳參徐書，不俱錄，見徐少華《周代南土歷史地理與文化》（武昌：武漢大學出版社，1994），頁 19～27。

〔註26〕如薛尚功《法帖》卷十，頁 194；王俅《嘯堂集古錄》上‧十三，頁 31。

〔註27〕徐中舒〈禹鼎的年代及其相關問題〉，《考古學報》1959 年 3 期，頁 53～65。

〔註28〕如吳闓生《吉金文錄》一‧八南宮中鼎又一器下引到「成鼎：噩侯馭方率南夷、東

土之後，才證實宋人所謂的穆公鼎或後來所稱的成鼎，應該就是禹鼎。比對宋人摹本與後來出土的拓片，可以看出宋人誤摹此銘之處不少，也因此影響了地名的釋讀。

禹鼎記載噩侯馭方率領南夷、東夷征伐周土的東國、南國，一路進軍到了歷內一地，薛、王均隸定成「歷寒」二字，因爲宋人所摹寫的第二字作「」形，從摹本來看，釋爲寒字誠然不錯，近人也有釋爲寒字者，不過核對出土的禹鼎拓片，釋爲「歷內」才是正確的。〔註29〕

歷內的地望所在，黃盛璋認爲：「歷內即歷汭，歷應爲析水。沿析水谷道可以由伊洛水入侵成周，也可以由丹水出著名之武關道入侵宗周豐鎬」，〔註30〕析水即淅水，顧祖禹《讀史方輿紀要》卷五十一南陽府鄧州內鄉縣淅水條云：「淅水，在縣西南百三十里，源出商州南山，流經縣南與丹水會」，歷字古音爲來母錫部，淅字古音心母錫部，二字聲音固然相近，而且釋爲淅水於文意也無不合之處，但是無論是文獻或古文字材料，水名往往加有形旁水字，如河、洛、淮、江、漢等，雖然文獻上也有不加注水旁的水名，如「伊水」，但是黃氏釋歷爲析水，除了在解讀銘文可能成立之外，並無更進一步的舉證，姑存疑之。

此外，王暉也有考證，王氏云：

> 陽翟西周時作歷，西周金文禹鼎銘文稱「歷」爲南國，《國語‧鄭語》中鄭武公所取新鄭十邑中有「歷」，《逸周書‧世俘》記武王克商後所伐有「曆」國，即「歷」國。可知西周稱「歷」，春秋稱「櫟」，戰國時稱「陽翟」，均爲一語之音變。《水經‧潁水注》云：「《春秋

夷廣伐東國、東國，至于歷寒。」內容與禹鼎完全相同，故成鼎應即是禹鼎之誤。

〔註29〕徐中舒〈禹鼎的年代及其相關問題〉一文仍釋爲「歷寒」，他說：「寒，此鼎下僅人字較清晰，其人字上下艸形尚隱約可辨，當從薛、王作寒」，頁54。參照徐氏文本所附及《集成》02833、《銘文選（一）》407號諸拓片，該字字形均作「」，與西周金文的内字寫法相同，而寒字作形實不相類，《金文編》0861號内字下已收錄禹鼎此文，故應隸定作「歷內」爲是。附記：陳世輝在與徐中舒同一年所寫的文章中已指出，歷寒應爲歷内之訛，見陳世輝〈禹鼎釋文斠〉，《人文雜志》1959年2期，頁71。又黃盛璋目驗新出禹鼎，謂原器確爲「內」字，見黃盛璋〈駒父盨蓋銘文研究〉，《考古與文物》1983年4期，頁55。

〔註30〕黃盛璋〈駒父盨蓋銘文研究〉，頁55。

經》書：秋，鄭伯突入于櫟。……服虔曰：檀伯，鄭守，櫟大夫。
櫟，鄭之大都。宋忠曰：今陽翟也，周末韓景侯自新鄭徙都之。王
隱曰：翟，本櫟也，故潁川郡治也。」〔註31〕

王氏謂禹鼎稱「歷」爲南國，鼎銘云：「用天降大喪于下或（國），亦唯噩侯馭
方率南淮尸（夷）、東尸（夷），廣伐南或（國）、東或（國），至于歷內。王迺
命西六自、殷八自，曰……」，銘文只說噩侯馭方率領南淮夷、東夷攻打周室的
南國、東國，一路到了「歷內」，充其量只能推測，「歷內」可能是位於敵軍來
侵南國、東國的路上，但卻看不出「歷內」就是南國的意思；不過王氏謂歷內
之歷可能就是春秋的櫟，倒是可備一說，只是王氏並未處理歷內之「內」應如
何理解，反不如上引黃盛璋之說來得周密，姑存疑之。

〔7〕由𠂤（珅𠂤）

【出處】

遇甗 00948：「隹（唯）六月既死霸丙寅，師雍父戍才（在）<u>由𠂤</u>，遇從師雍
父肩吏，遇事于馘侯，侯蔑遇歷，易（錫）遇金，用乍（作）旅甗。」
〔圖四十三〕

穚卣 05411：「穚從師雍父戍于<u>由𠂤</u>，蔑歷，易（錫）貝卅爰，穚拜頴首，對
揚師雍父休，用乍（作）文考日乙寶障彝，其子子孫永寶用。」〔圖四
十四〕

彔𢼨卣 05419-05420：「王令𢼨曰：叡，淮尸（夷）敢伐內國，女（汝）其以
成周師氏戍于<u>珅𠂤</u>。白（伯）雍父蔑彔歷，易（錫）貝十朋，彔拜頴首，
對揚白（伯）休，用乍（作）文考乙公寶障彝。」〔圖四十五〕

臤尊 06008：「隹（唯）十又三月既生霸丁卯，臤從師雍父戍于珅𠂤之年，
臤蔑歷，中競父易（錫）赤金，臤拜頴首，對揚競父休，用乍（作）
父乙寶旅彝，其子子孫孫永用。」〔圖四十六〕

〔註31〕王暉〈周武王東都選址考辨〉，《中國史研究》1998 年 1 期，頁 18。

【考證】

「ㅂ（ㅂ）」，見於幾件銘文，舊釋作古（珤），林澐釋由（珇），他說：

〔23〕0319：1-3.5　ㅂ、ㅂ等釋古誤。應釋由。甲文由字作ㅂ（甲
2123）、ㅂ（前 6.52.3）……，象胄形。古字作ㅂ，象盾形，
加口旁。起源完全不同。

〔24〕0319：6-8　ㅂ、ㅂ、ㅂ釋古誤。應隸定爲珇。〔註32〕

就文字演變源流來看，此說應是可從。

　　根據幾件出現由自的銘文，由自應是周人戍守的地方。劉啓益將遇甗、稱
卣、彔戜卣、貯尊四器歸於穆王時期，〔註33〕銘文中的師雍父與彔戜是戍守
由自的將領，而戍守由自的緣故，可以從彔戜卣看出一些端倪，彔戜卣銘云：

王命戜曰：戲，淮夷敢伐内國，女（汝）其呂成周師氏戍于珇自。伯
雍父蔑彔曆，易（錫）貝十朋，彔拜頴首對揚伯休，用作文考乙公寶
尊彝。

郭沫若《大系》（頁 61）認爲銘中的師氏即伯雍父，也就是遇甗、稱卣、貯尊
的師雍父，當時淮夷來侵周土，穆王命戜與成周師氏戍守在珇自。

　　由自的地望與當時淮夷的活動區域有關，陳夢家云：

夷民族發源于東北，是爲佳夷；沿海南下，止于青州之崵若萊者爲
崵夷萊夷；止于梁州之和者爲和夷（原注：〈禹貢〉）；止于徐州者爲徐
夷，止于淮泗者爲淮夷，（原注：或名淮泗夷，〈東夷傳〉），〈閟宮〉曰『至
于海邦，淮夷來同』，淮夷固海邦也。金文淮夷侵伐之事最多，或稱
南淮夷，南夷；在海岱者或稱東夷；敔毀南淮夷内伐陽洛等地，追
兵及于上洛，至于伊而班，所謂漸居中土是也。〔註34〕

〔註32〕林澐〈新版《金文編》正文部分釋字商榷〉，中國古文字學第八屆年會論文，1990。
陳夢家在〈斷代（五）〉60 器已釋遇甗銘爲「由自」，並指出貯尊、彔戜卣的珇字疑
是从由从玉。

〔註33〕在劉氏之前，郭沫若、馬承源已主此說，詳見劉啓益〈西周穆王時期銅器的初步
清理〉，《古文字研究》第十八輯，1991，頁 336～340。

〔註34〕陳夢家〈佳夷考〉，《禹貢》第五卷第十期，1936，頁 17～18。

淮夷本來是分布於周王室以東的民族，後來由於周初幾次征伐行動，有一支系遷到東南方的淮水流域，故又有南淮夷之稱。〔註35〕除了彔致卣及敔簋之外，駒父盨也載有南淮夷，兮甲盤南淮夷、淮夷並見，禹鼎則記有南淮夷、東夷，銘文特別標舉南淮夷，就是為了說明該淮夷是遷到成周以南的支系（此南非指正南方）。

陳夢家據彔致卣銘推斷，由自有兩種可能：

> 淮尸入侵而王命彔以成周師氏戍于由，則由當在成周之南，淮水之北。……又疑此字象杵形，乃是「許」字，應隸作㫃。與此器前後相近的夌盉和刺鼎的御字和舀鼎的許字都从㫃，可以為證。然則此所謂"戍于㫃自"猶〈揚之水〉的"戍許"了。（〈斷代（五）〉60 器）

陳氏前者推斷由自的大致所在區域應是不錯的；後者云此字象杵形，最後通假為許字，由於午字形體與由字所从實不相類，因此陳氏據此形假為許的推測，恐怕不能成立。雖然卣銘只說「淮夷敢伐內國」，而從前舉兮甲盤有淮夷、南淮夷並出的例子可見，南淮夷也可稱為淮夷，其實二者本屬一系，顧頡剛並指出，如果卣銘所指淮夷是留在山東濰水流域的支系，則周王室大可派齊魯等諸國的軍隊護防。〔註36〕因此由自地望當如陳夢家所云，「當在成周之南，淮水之北」。〔註37〕

〔8〕㠱（曾）

【出處】

中甗*00949：「王命中先省南國貫行，埶匟在㠱（曾），史兒至，以王令曰，余令女史小大邦，毕又舍女芍量至于女，麀小多□，中省自方、鄧、洀、𤕌、邦，在𡈼自歸。」〔圖三十一〕

〔註35〕參見顧頡剛遺著〈徐和淮夷的遷留〉，《文史》第三十二輯（1990），頁 1～28。

〔註36〕同上，頁 24。

〔註37〕據楊亞長所述，有學者一仍古自之釋，並考證古地即葉，在今河南葉縣，見楊亞長〈青銅器銘文所見西周時期的對外戰爭〉，《文博》1993 年 6 期，頁 25。

【考證】

　　曶，卜辭有此形，于省吾云「曶為曾之初文」。〔註38〕中甗曶字寫法與卜辭同，易鼎則益增口形，二器曾字上面兩筆豎畫都與田形連接作曶，這應該是曾字早期的寫法；到了西周晚期，曾字均从口或从甘，兩筆豎畫則與田形分行。〔註39〕甗銘的曾，學者或以為即曾國，或以為只是一般地名，而非國名，以下試述論之。

　　曾在卜辭也有作為地名的用法，學者在考證卜辭曾的地望時，同時注意到中甗的曾，如于省吾就認為卜辭的曾與中甗的曾為一地，只是未言地望所在。〔註40〕丁山承于說，並進一步考證：

> 「曶讀為溱。」《水經》：「溱水出鄭縣西北平地，東過其縣北，又東南過其縣東，又南，入于洧。」酈注：「……《詩》所謂溱與洧者也。」溱洧，今《毛詩》本作「溱與洧」。溱水介于現今的河南省新鄭與密縣之間，正是周初經營南國必經之路，中甗所謂「在曶」，應該在此。〔註41〕

從丁文看來，丁氏認為甗銘的曾是介於河南省新鄭與密縣之間的地名。此外，還有李學勤（漢水流域，湖北隨州以南）、黃錫全、尹盛平（河南方城附近）等人提出不同的看法。下面分別討論之。

　　學者考訂曾的主要材料是中甗，中甗是安州六器之一，在北宋重和元年（西元1118年）發現於今湖北安陸（孝感），學者大致同意這組青銅器記載與昭王南征的相關事蹟，曾是中巡省南土時，周王命他設立行宮的所在地。〔註42〕唐

〔註38〕于省吾《雙劍誃殷契駢枝三編》（臺北：藝文印書館，1975），頁28。

〔註39〕參容庚《金文編》0108號。

〔註40〕于省吾《雙劍誃殷契駢枝三編》，頁28。

〔註41〕丁山《甲骨文所見氏族及其制度》（北京：中華書局，1988），頁106。

〔註42〕厥字，學者有異說，如郭沫若釋為居字古文（《大系》頁17～18）、陳夢家讀為虞（《斷代（五）》70器）、唐蘭釋為位（《史徵》頁286）。三說釋義大抵都是指臨時設立的行宮，陳夢家釋云：「此字在西周初期金文中數見，中期亦有，其前總是一地名。字或从宀或从厂或从广，立聲。卜辭明日次日作『羽日』，或以『立』為聲符，小盂鼎則从日从羽从立。《說文》『昱，明日也，从日立聲』，《爾雅·釋言》『翌，明也』。卜辭之『羽日』『翌日』，《尚書·大誥》、〈召誥〉、〈顧命〉作翼日，可證

蘭對中甗的曾作過初步的判斷：

> 曲就是曾字所從，此處當爲地名。曾國很多，《國語·晉語》說：「申
> 人、繪人召西戎以伐周」，此繪國當與申國鄰近。申國在今河南省南
> 陽市一帶，新野縣在其南，一直到隨縣、京山兩地，最近都出土過
> 曾國銅器。當昭王時的曾國不知定在何處，但總應在伐楚時經過的
> 要道是可以無疑的。〔註43〕

唐蘭認爲甗銘的曾即曾國，但是不知昭王時期的曾國地望何在，因此只將範圍
設限在「伐楚時經過的要道」。

李學勤最近考釋昭王時代的靜方鼎，其中有「曾亞師」，李氏理解爲在曾
（即隨國）的鄂師（今湖北鄂城），並認爲該鼎與中組器內容關係密切，主張
中甗與靜方鼎的曾爲一地，在今湖北隨縣以南，〔註44〕同時也將中甗所見其
他幾個地名定在湖北境內──方在今湖北竹山東南、鄧在今湖北襄樊、鄂在
湖北鄂城，〔註45〕如此一來，中巡省的路線大抵是，先在漢水以北的曾（隨
州）設行宮，然後再巡省漢水流域的方（湖北西北方，與陝西接壤一帶）、鄧
（漢水中段的襄樊）等地，並在亞自駐紮（鄂縣，湖北鄂州市附近，在長江
邊），大致都分布在今湖北省漢水流域。黃錫全融合諸說，黃氏認爲銘文的「曾」
指河南繪關，「方」指河南方城，「鄧」指在今湖北襄樊西北的古鄧國，黃氏
以爲中此番南行的路線是「從駐地『曾』（繪關）出發，先視察方城，再到鄧
國、洅水，北返至鄧，到西鄂駐紮，⋯⋯並在鄧國南邑的鄢之陣眞山爲王設

『立』『異』同音，故《廣韻》職部昱、翊、虞、翼等字俱作與職切。是金文之厄即
《説文》之『虞，行屋也』，亦見殷周之際金文后且丁尊（《三代》13，38，5-6）
『辛亥王才厄降令曰』。揚簋有司厄之官，即《周禮》『幕人掌幕幄帝綬之事』，鄭
眾注云『帝，平帳也』，字與虞近。」結合形音義，陳氏釋字應是可從。

〔註43〕唐蘭《史徵》，頁286～287。

〔註44〕靜方鼎著錄參第二章「宗周」條目下【出處】。由於筆者未能目睹拓片，故不在本
條地名出處下列出靜方鼎銘文，釋文也暫時依李學勤所考；又據李文，該器「曾
亞自」當本作「曲亞自」，與中甗省口的寫法同，只是後來一律改以寬式隸定而已。
詳見李學勤〈靜方鼎考釋〉，頁224。李氏在〈盤龍城與商朝的南土〉（《新出青銅
器研究》，頁15）一文中已提出中甗曾地所在，在考訂靜方鼎銘時，始結合二器曾
地說之。

〔註45〕見李學勤〈靜方鼎考釋〉，頁226。

置行帳……」，黃氏考齟銘地望跨今河南、湖北二省。〔註46〕尹盛平採唐蘭的說法，認爲方即方城，在今河南省方城縣，他認爲曾即鄧，因方地在河南，故曾非湖北的曾國，而應是河南方城附近的地名〔註47〕。

以下結合各方面材料來考量諸家說法。從齟銘可見，周王命中在曾地設行宮，其作用是爲了巡省南土之便，如果中齟是記載昭王時代的事蹟，那麼齟銘謂「南或」〔註48〕所包含的範圍可以遍及豫南及鄂境等。丁山認爲曾地在河南新鄭與密縣之間，雖然有水文爲證（潧水），不過這個地點大致在太室山（今嵩山）以東在洛陽東南偏東的方向，距成周不遠，如果周王南巡的行宮設在此處，作用似乎不大。又李學勤考訂曾在湖北隨縣以南，主要根據之一是齟銘有「漢中州」等語，然而由於齟銘摹寫失眞嚴重，「漢中州」與在曾設行宮是否絕對有關，可能還需要更確切的證明；〔註49〕再者，目前所見的曾國銅器，出土地大致分布在河南新野到湖北京山、隨縣一帶，時代則從西周晚期沿續到戰國，〔註50〕縱使齟銘的曾即曾國，未必能夠代表西周早期的曾國也必然在這一帶，〔註51〕因此似乎不宜斷然肯定齟銘的曾即是隨縣的曾

〔註46〕見黃錫全《湖北商周文字輯證》（武昌：武漢大學出版社，1992），頁 26～27。

〔註47〕尹盛平〈金文昭王南征考略〉，頁 109。唐蘭的說法見《史徵》，頁 287。

〔註48〕雖然王念孫《廣雅疏證》云「或、域、國三字，古聲義並同」，但是此「或」未必指國家，如何尊「余其宅茲中或（國）」，其「中國」是指中原廣大的區域，而非國家義，因此齟銘的「南或」可以泛稱周王室南域，毋須特指南方的國家。

〔註49〕細讀齟銘，似乎可以分爲前後兩段內容不同的文字，依郭沫若《大系》（頁 19）斷讀，「在乎（䨇）皀鍊（次）」一句屬前段，似乎是中巡省各地，最後在乎皀駐紮；若參考唐蘭《史徵》的意譯，唐氏則將「在鄂師次」一句歸與後段。前段敘述周王命中巡省南土部分，摹本可辨處較多，後段從「伯買」二字以下，似乎與前段內容不類，而且前段的主要人物——中，在後段銘文完全不見，因此如果要據後段銘文來考證前段銘文的地望，這恐怕需要更詳實證據方能成立。

〔註50〕陳振裕、梁柱〈試論曾國與曾楚關係〉，《考古與文物》1985 年 6 期，頁 85～89。此外，在有關該時期的歷史文獻中，不見曾國的記載，李學勤認爲曾國即是文獻的隨國，詳見李學勤〈曾國之謎〉，《新出青銅器研究》，頁 146～150。

〔註51〕如陳振裕、梁柱認爲，《左傳》哀公四年記載楚國「致方城之外於繒關」，其中「繒關」一地與古曾國有關，在今河南南陽北面的方城縣與南面的新野一帶，可能是古曾國所在地。詳見陳振裕、梁柱〈試論曾國與曾楚關係〉，《考古與文物》1985年 6 期，頁 91。由於書缺有間，鮮見曾國始封的時、地記載，拙文討論無據·因

國。而黃錫全、尹盛平均認為曾是在河南方城附近的地名，從雖然與南巡的路線不相牴牾，也由於文獻不足徵，因而待商榷。如此說來，目前還是以唐蘭謹慎的推斷為宜，只能確定甗銘曾地在周室南土，至於究竟在豫或鄂境，甚至有其他可能，恐怕有待更多的證據，拙文不敢妄斷。

〔9〕方

【出處】

中甗*00949：「中省自方、鄧、洀、𢆷、邦」〔圖三十一〕

【考證】

中甗是安州六器之一，學者大致認為其中記載與昭王南征的相關事蹟，而方是中巡省南土的地方之一。關於甗銘所見的地理，目前主要兩種說法：一是主張在今河南境內，除了昭王時曾國地望不明、以及確定在鄂境的漢水之外，其餘諸地均在豫境，如唐蘭、尹盛平；〔註52〕一是主張在今湖北境內，如李學勤。〔註53〕

中甗銘文可識部分，雖然提供了研究周王經營南土的重要材料，但是由於今傳銘文摹本殘缺漫漶，嚴重失真，因此釋讀甗銘時，不能不格外謹慎處理。〔註54〕唐蘭主張方在河南境內，認為甗銘的方就是方城，在今河南省方城縣一帶，〔註55〕李學勤則將方地訂在今湖北竹山東南。〔註56〕由於銘文本身的侷限

此暫時存而不論，以俟來者。

〔註52〕唐蘭《史徵》，頁287；尹盛平〈金文昭王南征考略〉，頁109。

〔註53〕李學勤〈靜方鼎考釋〉，頁224。

〔註54〕如郭氏將甗銘的𢆷釋為「噩𤕫」，唐蘭也認為可從，雖然西周的噩國確實位於周室的南土，無論是西鄂說（河南南陽盆地，如徐中舒〈禹鼎的年代及其相關問題〉，《考古學報》1959年3期）、東鄂說（湖北鄂城，如陳佩芬〈上海博物館新收集的西周青銅器〉，《文物》1981年9期）皆是，而且噩國的確是周王室經營南土所倚重的國家，但是甗銘的字形與金文的噩字著實有段差距，因此是否𢆷即噩𤕫，有待斟酌。

〔註55〕唐蘭《史徵》，頁287。

〔註56〕李學勤在早年考釋安州六器的地名時，並未提到甗銘方地所在（見李氏〈盤龍城

性，拙文不敢妄斷，僅能從可辨識的銘文判斷，方的位置大概在周室的南土，這與《詩經》所見征玁狁的方自非一地。〔註57〕至於方地實際地望所在，上述河南方城或湖北竹山東南二說均有可能，姑並存其說。

〔10〕寒

【出處】

中方鼎*02785：「隹（唯）十又三月庚寅，王才（在）寒師，〔註58〕王令大吏兄（貺）褱土，王曰：中，茲褱人入史，易（錫）于珷王乍（作）臣，今兄（貺）畀女（汝）褱土，乍（作）乃采，中對揚王休，令曆父乙隣，隹（唯）臣尙中臣。七八六六六六，八七六六六六」〔圖四十七〕

【考證】

寒，周王駐蹕之地。郭沫若認爲寒與趩尊的「庠」爲一地，均是故寒國，他說：「寒當是寒促（美蘭案：即寒浞）故地，在今山東濰縣境內。」（《大系》頁16）黃錫全也主張寒與庠爲一地，不過他並未詳考該地望，只說寒地在中原地區。〔註59〕黃盛璋則主張爲《左傳》的寒氏一地，他說：

> 寒，夏有寒浞，杜預說「寒國北海平壽縣東有寒亭」，故址在濰縣東三十里，解放後濰縣改爲濰坊市，今濰縣即遷于寒亭，去海已近，「有夏之臣靡，自有鬲收二國之燼，以滅浞而立少康」（《左傳》），寒應去鬲不遠，春秋晉地有寒氏：「衛侯伐邯鄲午于寒氏」（《左傳》定公十年），蓋爲邯鄲午之私邑，所以又名五（午）氏，午處于此必在邯鄲附近，「寒」、「邯」古音同屬元部牙音，邯鄲及

與商朝的南土〉，《新出青銅器研究》，頁 15）。李氏最近考釋靜方鼎銘文時，始提及中甗方地地望在今湖北竹山東南，見李氏〈靜方鼎考釋〉，頁 224。

〔註57〕 〈六月〉：「王命南仲，往城于方」，〈出車〉：「侵鎬及方，至于涇陽」，王應麟《詩地理攷》卷三「往城于方」引曹氏云：「即〈六月〉所謂侵鎬及方」，《詩經》的方地，如鄭《箋》所云，皆北方地名，故與中甗南土的方地無涉。

〔註58〕 此𣎴字用法與中甗「在🔲🔲𣎴」相同，作爲動詞用，即文獻中的「次」。

〔註59〕 黃錫全《湖北出土商周文字輯證》，頁 20、28。

其東南邯溝得名當和寒氏有關，銘文「王在寒次」與古寒國當皆為寒氏。〔註60〕

孫海波則認寒應讀岸，即《史記》之「岸門」，在今河南許昌一帶。〔註61〕

中是協助周王南征的一員大將，湖北孝感在宋代出土了一批中所作的青銅器，內容與周王南征有關（參本章「曾」地條目下）。郭沫若、黃錫全將「寒」與趙尊的「庍」地系聯，除了音近的關係之外，還有另一個主要因素，鼎銘云「唯十又三月庚寅，王在寒師」，趙尊銘云：「唯十又三月辛卯，王在庍」，二器的日期相差一日，故郭沫若認為二者必為一地。其實換個角度來看，正因為二器所記的日期只差一日，又都是記載周王賞賜臣下之事，更說明庍、寒不宜視為一地，只能說兩地距離頗近，應是不到一日的路程。唐蘭謂此器「疑王十六年伐楚後事」（《史徵》頁291），鼎銘記載周王在寒地駐紮，並賞賜中采地。〔註62〕孫海波云「庍地取成周與楚之中間，自為由成周入楚之要塞」，顯然孫氏已經注意到了，周王極有可能是在南征後，班師回朝的路上封賞臣屬，那麼郭沫若、黃錫全的山東說恐怕就不甚符合這個條件了。惟孫海波的岸門說，從音理、地域方面都比較合理，可備一說。

〔註60〕 黃盛璋〈西周微家族窖藏銅器群初步研究〉，《歷史地理與考古論叢》（濟南：齊魯書社，1982），頁285。《左傳》寒氏一地又名五氏，黃氏謂五氏蓋與邯鄲午之午有關，《讀史方輿紀要》卷十五（頁689）邯鄲縣五氏城下已有記載，中方鼎的「寒」地可能與「寒氏」有關。不過，邯鄲的得名與寒氏是否有關，則猶恐待商，若寒氏又名五氏是因邯鄲午而起，只能說明五氏一地與午字可能有關，而邯鄲為晉邑，邯鄲午即當是以地為氏，戰國貨幣文字也有「甘丹」，即「邯鄲」（何琳儀〈尖足布幣考〉，《古幣叢考》頁116），文獻與出土文字均未見「邯鄲」簡稱「邯」或「鄲」者，且邯、寒古音並不同部（邯屬談部，寒屬元部），至於黃氏所說的「邯溝」，《讀史方輿紀要》卷十五邯溝城下引顏師古云「以邯水之溝而名」（頁684），如此則邯鄲與寒氏（或寒國）恐怕未必有關。

〔註61〕 孫海波〈周金地名小記〉：「以同聲字求之，疑即《史記》之『岸門』。按〈魏世家〉『哀王五年秦伐我，……走犀首岸門』，《集解》引徐廣曰：『潁陰有岸亭』，《正義》引《括地志》云：『岸門，在許州長社縣西北十八里，今名西武亭』。以地望推之，庍地取成周與楚之中間，自為由成周入楚之要塞。以聲類求之，則寒岸固同聲通假之字，岸當可假為寒也。」見《禹貢》第七卷第六七合期，1937，頁119。

〔註62〕 李學勤認為中的采地應該就在孝感一帶，見李學勤〈靜方鼎考釋〉，頁226。

〔11〕彭

【出處】

玦方鼎 02612-02613：「己亥，玦見事于彭。車弔（叔）賞玦馬，用乍（作）父庚彝」〔圖四十八〕

【考證】

鼎銘記載玦由於「見事」于彭，因而受賞。「見事」一詞，又見於匽侯旨鼎「匽侯旨初見事于宗周」，楊樹達認爲「見事」也可以單言「見」，即《書‧康誥》「見士于周」的「見士」，金文用事爲本字，《書》用士爲假借。〔註63〕匽侯旨因「見事」于宗周而獲貝廿朋，玦則因「見事」于彭得到馬匹，顯然「見事」不只像唐蘭所說「因事來見」般的簡單，〔註64〕《書‧康誥》孔傳：「和悅並見，即事於周」，則見事當有任事之義，任事有功才得以受賞。〔註65〕

彭，學者或以爲國名，或以爲地名。釋爲國名者，如吳闓生《吉金文錄》卷一，頁三十二云：「彭即大彭，商世諸侯。」馬承源《銘文選（三）》139 號也主張彭爲古國名，不過卻是參與武王牧野伐商之役的彭（見《書‧牧誓》）；釋彭爲地名者，如吳大澂、于省吾、唐蘭，三家皆引《詩‧鄭風‧清人》「清人在彭」爲據，據毛《傳》「彭，衛之河上，鄭之郊也」，〈清人〉的彭地屬衛國。〔註66〕

吳闓生以爲彭即大彭，《國語‧鄭語》：「大彭、豕韋爲商伯矣……彭姓彭祖、豕韋、諸稽，則商滅之矣。」韋注：「彭祖，大彭也。豕韋、諸稽，其後

〔註63〕楊樹達《積微居金文說》，頁 173～174。于省吾也說：「見士即見事，士事古通，金文凡卿士之士作事，玦鼎『玦見事于彭』，匽侯旨鼎『匽侯旨初見事于宗周』，是見事爲周人語例。」見《雙劍誃尚書新證》（臺北：崧高書社，1985），頁 120。

〔註64〕唐蘭《史徵》（頁 118）以爲「見事」乃因事來見，「因事來見」則何賞之有？唐說恐怕失於籠統。

〔註65〕玦方鼎與匽侯旨鼎的「見」字寫法有別，前者上從目下從人立之形，後者上從目下從人跪坐之形，裘錫圭先生認爲這兩種寫法是有區別的，上從目從人立之形者應釋爲「視」，是「形聲字『視』的表意初文」，而上從目下從人跪坐之形者才是「見」字，見裘先生〈甲骨文中的見與視〉，頁 1～5。

〔註66〕吳大澂《憲齋集古錄》（天津：天津市古籍書店，1990）第五冊，頁 14；于省吾《雙劍誃吉金文選》卷下之一‧四；唐蘭《史徵》，頁 118。

別封也。大彭、豕韋爲商伯，其後世失道，殷復興而滅之。」〔註67〕顯然大彭早在商代已滅亡，文獻也未見周王復有分封之事，因此吳說恐不可從。

馬承源認爲鼎銘的彭即〈牧誓〉之彭，地望在四川省彭縣境內。〈牧誓〉彭之地望眾說紛紜，主要有幾種說法：

一、主張在西北者，如《書・牧誓》孔傳：「八國皆蠻夷戎狄。屬文王者國名。羌在西；蜀，叟；髳、微在巴蜀；盧、彭在西北；庸、濮在江漢之南。」《正義》：「盧彭在西北者，在東蜀之西北也。」依《正義》之解，則當屬西南之國，然而孔傳只云「在西北」，並未進一步說明。依孔傳的上下文意，「盧、彭在西北」應與「羌在西」一般，指盧、彭在周王室的西北方爲是。又如曹定雲亦主彭國在西北，並考證其地望就在今陝西白水縣一帶。〔註68〕

二、主張在西南者，如《史記・周本紀・正義》引《括地志》云：「房州竹山及金州，古庸國；益州及巴利等州，皆古蜀國；隴右岷、洮、叢等州以西，羌也；姚府以南，古髳國之地；戎府之南，古微、盧、彭三國之地；濮在楚西南。」又蔣廷錫《尚書地理今釋》在「彭」下云：「正義云：『在東蜀之西北。』蘇氏曰：『屬武陽縣，有彭亡。』武陽，今四川眉州州北，屬彭山縣，有彭亡城，是其地也。」〔註69〕前述馬承源即主此說。另有主張在四川閬中彭城者，如伏元杰〈武王伐紂之彭國考〉（《成都大學學報》1996年1期）。

三、主張在湖北漢水上游者，如錢穆云：「舊注微纑彭濮皆在極遠，疑非也。《左》文十二『楚伐絞師，分涉於彭』，杜注『彭水在新城昌魏縣昌魏故城』，今湖北房縣西南縣西一里有筑水，源出竹山，即彭水也，古彭人在此，正在纑庸之間。又河西亦有彭，與周更爲近鄰，恐非此彭也。」〔註70〕譚其驤主編《中國歷史地圖集》，也將西周時

〔註67〕《國語》（上海：上海古籍出版社，1988）卷十六，頁511～513。

〔註68〕曹定雲《〈尚書・牧誓〉所載盧、彭地望考》，《中原文物》1995年1期，頁23～33，15。

〔註69〕蔣廷錫《尚書地理今釋》（臺灣：商務印書館，1971），頁91～92。

〔註70〕錢穆《史記地名考》（臺北：三民書局，1984），頁204。

期的彭國標在湖北房縣附近。〔註71〕

〈牧誓〉彭國的地望，當以錢穆的看法較爲合理。主西南說者，主張其地望在四川眉州彭山縣境，但是向來考證蜀國地望者，均同意蜀國故地在成都一帶，與彭山縣相去咫尺，若彭國果眞在此，則彭、蜀屬地之間的糾葛，不免令人疑惑！至於主西北說者，孔傳並無進一步的解釋，雖然曹定雲從文獻與考古等方面試證彭應在西北，但是證據似乎略顯不足，尚無法採信。而錢穆的說法，並有水文——彭水爲證，因此目前爲止，當以漢水流域之說爲是。而時代屬西周早期的珷方鼎記載「見事于彭」，此「彭」的確有可能是隨武王伐紂的彭。

至於主張彭爲衛國地名說者，如吳大澂、于省吾、唐蘭皆是據《詩·清人》爲說。卜辭也有作爲地名的彭，如《合集》7064：「辛丑卜，亘貞，乎取彭」，《殷虛書契前編》6.1.6：「癸丑王卜，在彭貞，旬亡囚」，饒宗頤考證彭地，也是取證於《詩》「清人在彭」之彭，屬衛國。〔註72〕不過，商末周初的彭與〈清人〉的彭是否一地，尚不敢妄斷，姑存諸說備考。

〔12〕楚麓

【出處】

小臣夌鼎 *02775：「正月，王才（在）成周，王迲于楚麓，令小臣夌先省楚匠，
　　　王至于迲匠，無遣，小臣夌易（錫）貝、易（錫）馬兩，夌拜頴首。」

〔圖四十九〕

【考證】

楚麓，〔註73〕吳闓生《吉金文錄》一·八以爲「此楚麓蓋周郊近地」，唐蘭

〔註71〕譚其驤《中國歷史地圖集》（香港：三聯書店，1991）第一冊，頁 17～18。

〔註72〕饒宗頤《殷代貞卜人物通考》（香港：香港大學出版社，1959），頁 899～900。鄭杰祥也主張卜辭的彭地即《詩》「清人在彭」之彭，屬衛地，見《商代地理概論》，頁 272～273。

〔註73〕楚字，裘錫圭先生疑爲「檀」字，見《古文字論集·釋祕》，頁 27。該字从林从♀（或♀），舊釋爲楚字應是不錯的，楚字有相近的寫法，如中子化盤楚字作🔣，夌鼎只見傳寫摹本，可能是由於摹寫略有出入的緣故吧！

《史徵》（頁230）則云：

> 楚麓疑即楚邱。春秋時有兩個楚邱，《春秋・隱公七年》：「戎伐凡伯
> 于楚邱以歸」，在漢山陽郡成武縣，今山東省成武縣境，是由洛陽去
> 魯國所經之道；另一是《春秋・僖公二年》：「城楚邱」，在今河南省
> 滑縣。疑此是伐東夷時事，應是成武的楚邱。

唐氏主張山東省楚邱說，主要是由於他認為鼎銘與周王伐東夷有關，吳氏則未
明所據。

鼎銘云「王祕于楚麓」，祕字在鼎銘出現兩次，作 𨒪 或 𨒪 形，唐蘭《史徵》
（頁230）已經提出：

> 𨒪，當即卜辭常見的狁字，狁通步，《書・召誥》：「王朝步自周」，《左
> 傳・僖公三十三年》：「寡君聞吾子將步師出于敝邑」，都是。《離騷》：
> 「步餘馬于蘭皋兮」，注：「徐行也」。

唐氏指出 𨒪 即卜辭習見的 𨒪 字，十分正確，但是將 𨒪 釋作狁，通作步，則有待
商榷。第一、五期的卜辭習見「步于某地」的文例（可參看《類纂》頁 284
～285），而「祕于某地」也常見於第五期卜辭，再說唐氏所舉〈召誥〉的句
例，西周晚期的晉侯穌編鐘也有「王步自宗周」的類例，因此步、祕二字用法
顯然有別，故唐氏釋讀恐不可從。至於卜辭常見「祕于某地」的句式（參看
《類纂》頁 866～872），歷來學者對祕字的意義，見解不一。其中，楊樹達釋
為從辵（或從彳）戈聲，讀為過，義如往或至，此說多為學者接受。[註74] 後
來，裘錫圭先生〈釋祕〉一文指出，該字當是從必聲，隸定為祕，他說：

> 第 5 期的「祕」大概也應該讀為「毖」。對某一對象加以敕戒鎮撫，
> 往往需要到那一對象的所在地去。《洛誥》說「伻來毖殷」，上引卜
> 辭說「戍往毖㳄」，都反映了這一點。「祕」字所以加上表示行走義
> 的「辵」旁，大概就是由於這個緣故。[註75]

裘先生並提出小臣𢦏鼎祕字的用法與卜辭應是相同。裘說在析形解義方面，都
相當合理，姑從其說。因此，前文引述唐蘭認為鼎銘與征伐有關是可能的，但

〔註74〕 參《甲骨文字詁林》2307 號所引諸家說法。

〔註75〕 《古文字論集・釋祕》，頁25。

是否必定即伐東夷之事，則不敢遽定。

　　此外，「楚麓」的地名結構要特別說明。卜辭與商末金文有一些「某麓」的地名例，卜辭有「斿麓」（《合集》29412：「翌日戊王其田斿麓亡戈」參鄭杰祥頁96）、「演麓」（《合集》37452：「甲申卜貞王田在演麓往來亡災茲御獲狐……麞三」）、「雞麓」（《合集》37848、又《懷》1915有類例：「辛酉王田雞麓獲大靁虎在十月……」），金文如宰甫卣 05395：「王來獸，自豆麓，在禮陳，王饗酒。」陳夢家《綜述》（頁254～255）認爲卜辭這類地名是屬於單名後加區域字，據《說文》「麓，山足也」，釋麓字爲「高地形」之類，陳說可從。甲金文所見的「某麓」之「麓」，文獻作「麓」或「鹿」，如《詩·大雅·旱麓》：「瞻彼旱麓，榛楛濟濟」，毛《傳》：「旱，山名也；麓，山足也」；又如《左傳》僖公十四年：「秋，八月辛卯，沙鹿崩。」〔註76〕杜注：「沙鹿，山名。」又同年《穀梁傳》云：「林屬於山爲鹿；沙，山名也。」表面上看來，毛《傳》與《穀梁傳》釋麓字有別，毛《傳》云「山足」，《穀梁傳》云「林屬於山爲鹿」，其實〈旱麓〉「瞻彼旱麓，榛楛濟濟」二句也就是描述「林屬於山」的地理景象了，鄭《箋》云「旱山之足，林木茂盛者，得山雲雨之潤澤」，可見二者的異曲同工之妙，「旱麓」、「沙麓」二詞，應是屬於「專名＋通名」的地名結構。參酌卜辭與文獻，再加上鼎銘又有「令小臣夌先省楚臣」，顯然周王的臨時行宮是位於「楚」（或「楚麓」之省，未知其是），鼎銘的「楚麓」應該視爲「專名（楚）＋通名（麓）」的地名結構。

　　鼎銘的「楚麓」，疑即文獻所說的楚人發源地——「荊山」，〔註77〕在西周金文裏，楚又稱「楚荊」或「荊」，〔註78〕「楚麓」可能指楚山（荊山）或楚山山腳一帶的意思，其地大致在今湖北省西北部。〔註79〕。

〔註76〕《漢書·五行志》引作「沙麓崩」。

〔註77〕《左傳》昭公十二年載楚大夫子革說：「昔我先王熊繹，辟在荊山，篳路藍縷，以處草莽，跋涉山林以事天子，唯是桃弧棘矢以共御王事。」《史記·楚世家》記載同於《左傳》。又《史記·夏本紀》：「道嶓冢至于荊山。」

〔註78〕稱「楚荊」者如狱馭簋 03976、譯簋 03950、牆盤 10175，稱「荊」者如過伯簋 03907、鼏簋 03732。

〔註79〕《漢書·地理志》南郡臨沮縣下記載「〈禹貢〉南條荊山在東北，漳水所出」，《讀史方輿紀要》卷七十九（頁3386）：「荊山，縣（指湖北省南漳縣）西北八十里。……

〔13〕淮

【出處】

駒父盨蓋 04464：「唯王十又八年正月，南中邦父命駒父篒（即）南者（諸）侯達（率）高父見南淮尸（夷），孚（厥）取孚（厥）服，董尸（夷）俗，茲不敢不□畏王命，逆見我，孚（厥）獻孚（厥）服。我乃至于淮，小大邦亡敢不割（？）具逆王命。四月，還，至于蔡，乍（作）旅盨，駒父其萬年永用多休。」〔圖五十〕

【考證】

淮，即淮水，從盨銘上下文看來，下文有「小大邦」，因此「淮」應該是淮水流域一帶，與西周金文所見「淮夷」（如彔致卣、兮甲盤等）、「南淮夷」（如禹鼎、敔簋、虢仲旅盨、翏生旅盨、兮甲盤等）、「淮戎」（如致方鼎等）之「淮」同意。淮水、淮夷之名同時也見於文獻，如《詩・小雅・鼓鐘》「淮水湯湯」「淮水湝湝」「淮有三洲」、〈大雅・江漢〉「淮夷來求」「淮夷來鋪」等。〈禹貢〉「導淮自桐柏，東會于泗、沂，東入于海」，淮水源於河南與湖北交界的桐柏山，東流至江蘇北部入海。〔註80〕

〔14〕漢

【出處】

中齍*00949：「伯買父□以孚人戍漢中州」〔圖三十一〕

【考證】

目前所見的中齍銘文，僅餘傳世摹本，而且後半段銘文殘泐漫漶，內容並不清楚（參見「冉（曾）」條目下），不過「漢中州」三字明白可見，唐蘭《史徵》（頁 287）以爲「漢中州」即「漢水中的洲」，由於中齍前半段主要記載周王命中巡省南國事宜，因此謂「漢」爲漢水，應是可信的。

所謂南條荊山也。」又可參梁希杰主編《中華人民共和國地名詞典——湖北省》（北京：商務印書館，1990）「荊山」條，頁 338。

〔註80〕參《水經・淮水注》。

　　漢水在文獻及東周金文中屢見，多半單稱「漢」，《詩》又習見江、漢合稱，如〈小雅・四月〉「滔滔江漢，南國之紀」、〈大雅・江漢〉「江漢浮浮」「江漢湯湯」「江漢之滸」等，鄭《箋》「滔滔江漢」云：「江也、漢也，南國之大水，紀理眾，使不離滯」；又〈禹貢〉「江、漢朝宗于海」，也是江、漢合稱，因為江、漢是南國的主要大川，漢水在湖北武漢與江水會流，繼續東流。東周金文也有漢水的記載，由於漢水流域正是南方楚國的勢力範疇，故於楚器尤其可見，如敬事天王鐘：「江漢之陰陽」、〔註81〕鄂君啟舟節：「自鄂往，逾油，上灘（漢）……，逾灘（漢）」，凡此皆指漢水。

　　特別說明的是，古之漢水有二源，顧祖禹《讀史方輿紀要》卷五十二陝西大川漢水條下云：

> 漢水有二，一曰西漢水，源出鞏昌府秦州西南九十里嶓冢山，西南流，經西和縣北，又南至成縣，……而合於嘉陵江，此即嘉陵江上流，非〈禹貢〉所稱漢水也。其自寧州嶓冢山東流，經沔縣及襄城縣南，又東南經漢中府南，……，此即〈禹貢〉所云，嶓冢導漾，東流為漢之漢水也，俗亦謂之東漢水。〔註82〕

流入四川境內，合於嘉陵江上流的即西漢水，而先秦文獻及兩周金文所見的漢（漢水），大多是指流入湖北境內，與長江合流的東漢水。

〔註81〕河南省文物研究所等著《淅川下寺春秋楚墓》，北京：文物出版社，1991。由於鐘銘作器者之名已被鏟除，《集成》00073～00081號以內容有「敬事天王」一句，權稱之為「敬事天王鐘」，姑從《集成》。

〔註82〕顧祖禹《讀史方輿紀要》，頁2268。

第五章　西周金文中的其他地名

第一節　地名之所在區域不明者

〔1〕鯀林

【出處】

尹姞鬲 00754-00755：「穆公乍（作）尹姞宗室于鯀林。佳（唯）六月既生霸乙卯，休天君弗聖穆公聖辨明□事先王，各于君姞宗室鯀林，君蔑尹姞曆，易（錫）玉五品、馬四匹，拜頴首，對揚天君休，用作寶齋。」

〔圖五十六〕

【考證】

尹姞鬲銘中的穆公與尹姞，陳夢家以爲是夫婦（陳夢家〈斷代（五）〉68 器），李學勤也從此說〔註1〕，李氏並認爲，揣摩文意，穆公當時應已逝世。〔註2〕不過，由此來看銘文內容，頗有疑義，西周金文屢見宗室，是祭祀先

〔註1〕李學勤〈《中亞歐美澳紐所見所拓所摹金文彙編》選釋〉，《四川大學學報叢刊》第十輯《古文字研究論文集》，頁 43。

〔註2〕李學勤〈穆公簋蓋在青銅器分期上的意義〉，《文博》1984 年 2 期，頁 7。

祖之處,如果穆公是尹姞之夫,則無論從文獻或其他西周金文來看,似乎未見丈夫爲其妻作宗室之禮,馬承源《銘文選》316 號即因此認爲「宗室」之宗當是崇是通假,指高室,待商。

從文意看來,緐林是穆公爲尹姞作宗室的地方。西周金文也有具地名性質「某林」類地名,如九年衛鼎的「顏林」,是矩伯下屬顏氏所有的林地,廣義來說,「顏林」也具有指陳地點的作用,其實際地望實不可得知,而鬲銘「緐林」與九年衛鼎「顏林」的性質不知是否有關,姑記於此以備考。

〔2〕𦥑

【出處】

隹弔鼎*02615:「隹弔(叔)從王南征,唯歸,唯八月在𦥑𢂇,𣪠作寶鬲鼎。」

〔圖五十七〕

【考證】

𦥑,薛尙功《法帖》卷九「唯叔鼎」下釋爲「𦥑」,可從。

鼎銘記載隹弔從周王南征。約在西元 1980 到 1981 年間,在陝西長安縣灃水東岸發掘了一些西周墓葬,其中花園村 17 號墓出土了兩件方座簋,銘文是:

唯九月隹弔(叔)從王員征楚荊,才(在)成周,諆乍(作)寶簋。

〔註3〕〔圖五十八〕

與傳世隹弔鼎銘如出一轍,關係密切,傳世摹本的作器者是𣪠,參照出土的簋銘,𣪠字應是諆字之譌,二器都是記錄隹弔南征事蹟。不過黃盛璋認爲,鼎銘八月已是南征歸來,而簋銘記隹弔跟隨周王征楚荊是九月之事,因此鼎銘的「南征」未必與征楚有關,征南淮夷也可稱「南征」。〔註4〕在考量鼎銘𦥑地時,特別要注意這層現象。

𦥑地所在,黃盛璋認爲:

𦥑𢂇即甲文征人方之𦥑,……𦥑在𣏾、亳之間。𣏾可能與後來滎陽有

〔註3〕 見陝西省文物理委員會〈西周鎬京附近部分墓葬發掘簡報〉,《文物》1986 年 1 期,頁 11~12。又見《集成》03950 號。

〔註4〕 黃盛璋〈長安鎬京地區西周墓新出銅器群初探〉,《文物》1986 年 1 期,頁 40。

關，鴻溝水所逕流之處，亳爲商丘，亳下一程爲㴲，即鴻溝渡口之鴻口。〔註5〕

黃說似乎略嫌武斷：一則卜辭的百與金文的䣄未必一字一地；二則卜辭的㴲雖然可能就是鴻字，但與鴻口是否一地，黃氏缺乏進一步說明；三則黃氏謂「鴻叔有可能即鴻地貴族奴隸主，誨其名，叔其字，而鴻其封地也。王在䣄应與誨從王征，可能和其封地有關聯」，〔註6〕可是「㴲弔」之㴲，可能是封地，也可能只是氏名，而且單從銘文看不出㴲叔封地與䣄应的必然關係，從鼎銘看來，八月在䣄地應是南征歸來後的事，不過所謂的「歸」是指歸於何處，從銘文中看不出來，如上述陝西出土的諫簋，簋銘記載的地點是成周，因此䣄地所在與㴲叔封地未必有關；䣄可能只是㴲叔自南征歸來時，路經的一處行宮而已，似乎不宜據此說明䣄地與㴲叔封地的關係。因此黃說可能有待商榷。䣄地地望待考。

〔3〕斤

【出處】

征人鼎 02674：「丙午，天君鄉禩酉，在斤。天君賞厥征人斤貝，用乍（作）父丁尊彝」〔圖五十九〕

【考證】

斤，徐同柏釋所，非。〔註7〕卜辭斤字作𠂤，金文寫法與卜辭不類，李孝定先生云：「金文斤及偏旁从斤之字多作𠂤若斤，爲小篆所自昉。」〔註8〕甚是。

斤，在征人鼎出現兩次，前面「在斤」之斤，當是地名無疑。後面「天君賞征人斤貝」之斤，則有異說：陳介祺以爲是人名，吳大澂以爲釿字：

> 在斤之斤，地名。下云「賞乃征人斤貝」，（美蘭案：乃字，當釋爲厥，

〔註5〕同上，頁40。

〔註6〕同上，頁40。

〔註7〕徐同柏《從古堂款識學》卷十三，頁九。其實，徐氏釋子璋鐘時（同前書卷六頁九），已解出鐘銘的「斮」字从析木之半从斤，此處釋爲所，或是一時失察耳。

〔註8〕《甲骨文字集釋》第十四，頁4091。

金文習見，即文獻所見的厥字。）陳簠齋云：斤，人名也。大澂竊疑，斤

貝即一釿二釿幣，睘卤謂之貝布是也。〔註9〕

吳闓生則以爲是地名，即「賞以斤地所出之貝」。〔註10〕揆吳大澂之意，當是
指斤爲貝之計量單位，不過金文所見之計貝單位爲朋，故吳說恐不可從。陳
氏所言則猶有可議之處，鼎銘首句記天君在斤地行饗酒禮，褫字不識，吳闓
生指出褫是人名，李孝定先生也認爲褫是天君饗酒的對象，〔註11〕如果第二個
斤字也是人名，則不知天君饗酒于褫與賞賜「征人斤」的關係爲何？若依吳
闓生所釋，那麼本銘顯然就文從意順多了，我們不敢武斷地認爲褫就是「厥
征人」，但是至少將斤貝釋爲「賞以斤地所出之貝」，有銘文「在斤」作爲內
證，不必曲意解說，況且在貝字前標示所出地的例子也不是獨見，如「王賜
小臣艅夔貝」（小臣艅犀尊）也與本銘同例。因此拙文以爲，還是以吳闓生釋
爲地名的說法最爲有據。

作爲地名的斤，在西周金文中僅此一見，征人鼎所見人物也不與其他銘文
相涉，故無法作進一步的推證，只有暫時存疑，以俟來者。

〔4〕眠斂

【出處】

員方鼎 02695：「唯正月既望癸酉，王獸于眠斂，王令員執犬，休善。」〔圖六
十〕

【考證】

🐦，從目從氏，楊樹達謂即《說文》目部的「眠」字（《積微居金文說》頁
80），可從。斂，從闣從攴。闣旁，或依形隸定（《金文編》附錄下 170 號），或
釋爲南字（《大系》頁29，《銘文選》111 號從之，並主張其餘四小點爲飾筆），
或釋爲㐭（吳闓生《吉金文錄》一・十五、《積微居金文說》頁 80、李孝定先

〔註9〕 吳大澂《憲齋集古錄》第五冊，頁十四。

〔註10〕 吳闓生《吉金文錄》卷一，頁四一。

〔註11〕 吳說同上，不過吳氏釋爲視字，非。李孝定先生也指出：「字在本辭爲人名，……
本辭蓋言天君以酒饗褫耳。」見《金文詁林附錄》，頁 1195～1196。

生《金文詁林附錄》頁 1624〔註12〕）。釋南釋廩都有未愜人意之處：釋爲南者，西周金文所見的南字上部筆劃從來只象屮形，而員方鼎的𩾃旁上半（除去四小點），顯然與南字不類；釋爲廩者（參見《金文編》0979 號𧇽字偏旁），則其下半又像南字所從，而與亩旁則顯然不類。除了從攴可以確定之外，右偏旁目前尚無法十分確定，因此拙文暫時依形隸定，不敢妄作解人。

　　眡𣪘是周王獸獵的地方，楊樹達（《積微居金文說》頁 80）認爲𣪘可能是林字的假借，〔註13〕他說：

> 林爲獸之所聚，古人狩獵往往於林，《國語》云「唐叔射兕於徒林」，《太平御覽》捌百玖拾引《竹書紀年》云：「夷王獵于桂林，得一犀牛」，並其證也。

楊氏的見解可備一說，不過鼎銘眡𣪘地望所在則猶待考。

〔5〕穆

【出處】

　　嬰方鼎 02702：「丁亥，妘賞又正嬰嬰貝，才（在）穆，朋二百，嬰揚妘商（賞），用乍（作）母己障。」〔圖六十一〕

【考證】

　　本銘器底鑄有「異侯亞㠱」，屬異國銅器，異國的時代及活動範圍，業師季旭昇先生有考：

> 異（其、己、紀）國最遲在殷代武丁時期應已存在，其後一直綿延到春秋中期。活動範圍則是從河南逐漸往山東、遼寧、河北遷徙，西周中期以後則似乎集中在山東一帶。〔註14〕

〔註12〕李孝定先生云：「字從𤕟，似與南字有別，金文廩字多作𠧩，與此其近，當隸定作𣪘。眡𣪘，地名。」

〔註13〕郭沫若〈雜說林鐘、句鑃、鉦、鐸〉一文與楊氏隸定相同，見《殷周青銅器銘文研究》（北京：人民出版社，1954），頁 73。

〔註14〕季旭昇先生〈《詩經》「彼其之子」古義新證〉，《詩經古義新證》（臺北：文史哲出版社，1995），頁 211。詳細的論證請參看同書，頁 187～228。

學者對於鼎銘的時代略有出入，或以爲晚商器，或以爲周初器。〔註15〕主張晚商器者，分別從銘文內容、書法風格、銅器形制等方面提出證據，不過鼎銘「又（有）正」一職，〔註16〕卜辭未見，而且卜辭的「正」尚不能完全肯定有作爲職官的用法；〔註17〕周代文獻及金文則有以正爲官長者，《書‧酒誥》：「文王誥教小子、有正、有事無彝酒」，此「有正」即指職官，又如「多正」（作冊䰙卣05432）、「卜正」（《左傳》隱公十一年）等，因此鼎銘大有可能是周初的銘文，所以拙文仍從《集成》斷代，將本銘納入西周金文地名的處理範疇。

穆，是𣄰賞賜「又正嬰」的地點，〔註18〕李學勤認爲「穆見卜辭《南北》師1.165，近於在今河南北部的曹」〔註19〕由於鼎銘的時代約在晚商周初之際，雖然我們不能排除同名異地的可能，但是李氏引卜辭所見穆地以證時代相去不遠的金文，還是極具參考價值的。

〔6〕嬰

【出處】

嬰方鼎〔註20〕02702：「丁亥，𣄰賞又正嬰嬰貝，才（在）穆，朋二百，嬰揚𣄰

〔註15〕主張晚商者，如喀左縣文化館、朝陽地區博物館、遼寧省博物館北洞文物發掘小組〈遼寧喀左縣北洞村出土的殷周青銅器〉，《考古》1974年6期，頁364～372；李學勤〈北京、遼寧出土青銅器與周初的燕〉，《新出青銅器研究》，頁49～50。主張周初者如《集成》02702號、《銘文選》49號。

〔註16〕北洞文物發掘小組已提出「又正」爲官職（頁369），李學勤則以爲𣄰可能是職官名（頁50）。拙文以爲前者說法較爲可信，即「又正」爲職官名，𣄰爲人名。

〔註17〕卜辭有「又正」、「屮正」，其用法均與職官無涉。又卜辭的正是否可解爲官名，學者有不同的看法，陳夢家以爲臣正是殷代職官之一，王輝釋讀相關卜辭則不以爲然，詳參《甲骨文字詁林》0821號。

〔註18〕李學勤認爲穆是貯貝之地（頁49）。從金文類似的賞賜文例看來，如戍嗣鼎02708：「丙午，王賞戍嗣貝廿朋，在闌宗」、父己簋03861：「己亥，王賜貝，在闌，用作父己尊彝」、䔜亞作父癸角09102：「丙申，王賜䔜亞器奚貝，在䜌，用作父癸彝」。因此，鼎銘的穆地恐怕還是視爲賞賜地比較適宜。

〔註19〕李學勤〈北京、遼寧出土青銅器與周初的燕〉，頁49。

〔註20〕學者對本器時代的看法略有出入，參上文「穆」地條目下。

商（賞），用乍（作）母己障。」〔圖六十一〕

【考證】

█，一般皆隸定作嬰，女旁之下形構不明，暫從之。學者或以爲貝的產地，或以爲是貝的原主。〔註21〕從相關的類例看來，如征人鼎02674：「丙午，天君鄉禮酉，在斤。天君賞厥征人斤貝」，很明顯地，「斤貝」之斤與「在斤」應是並指斤地（參本章「斤」地條目下），所以嬰仍以貝之所出地爲宜。

嬰字不識，地望待考。〔註22〕

〔7〕待劃

【出處】

旂鼎　02704：「唯八月初吉，王姜賜旂田三于待劃。師橢酯兄。用對王休，子子孫其永寶。」〔圖六十二〕

【考證】

「待劃」一詞，學者有不同的看法，或以爲地名，或以爲他義。主張地名者，如史言〈眉縣楊家村大鼎〉、〔註23〕唐蘭《史徵》（頁226）等，認爲待劃是王姜賞賜旂「田三」的所在地。郭沫若對銘文的看法則大異於此，他認爲：

> 「于待劃」：「于」是與字義，古文多如此用法。「劃」殆是刈字，象田中有禾穗被刈之意。「錫旂田三于（與）待刈」，是說將三個田和

〔註21〕該器發掘小組提出「嬰爲貝名，或以貝的產地爲名」，貝喀左縣文化館、朝陽地區博物館、遼寧省博物館北洞文物發掘小組〈遼寧喀左縣北洞村出土的殷周青銅器〉，《考古》1974年6期，頁369。主張嬰是貝的原主者，如李學勤〈北京、遼寧出土青銅器與周初的燕〉，《新出青銅器研究》，頁49。

〔註22〕近年有學者金岳專文討論嬰方鼎，金氏將嬰字下半不明之形構隸定爲「丸」，並謂該字乃从嬰丸聲的形聲字，進而據丸聲推論該地即《史記・五帝本紀》「黃帝東至于海，登丸山」之「丸山」，姑且不論丸山之釋是否正確，前提是金氏釋爲丸聲並無根據，恐怕有待商榷。見金岳〈斐方鼎考釋——兼論殷周嬰國〉，《考古學文化論集（四）》（北京：文物出版社，1997），頁253。

〔註23〕《文物》1972年7期，頁4。

田中有待收穫的禾稻一併授予。鑄器的時期是在「八月初吉」，還未
到秋收的時節。《國風‧豳風‧七月》言「十月穫稻」，又言「十月
納禾稼」，可見距收穫還早兩個多月。〔註24〕

朱德熙認爲郭氏「把此字讀爲刈，不僅字音密合，文義也協洽而無窒礙，實具
卓識」〔註25〕，顯然朱氏也同意郭氏的看法。若郭氏釋劏字爲刈可信，那麼將
「待劏」解釋爲待收割的禾稻方能成立。而從敔簋「賜于歔五十田，于早五十
田」、克鼎「賜女田于匽，賜女田于陣原，賜女田于寒山」等文例看來，其中歔、
早、匽、陣原、寒山等均是田地所在的地名，準之，將「王姜賜旟田三于待劏」
一句的「待劏」解爲地名應是比較正確的。

　　劏字形義尚有異說，除了上述的郭說之外，還有唐蘭認爲：「劏應是從田劏
聲，金文常見的劏伯、劏叔，則是從呂劏聲。劏所從的卤，即囪，是簟之象形字。
從刀卤聲，疑當讀鐔，是刀劍的鼻，所以從刀」（《史徵》頁226）〔註26〕。此外，
史言以爲鼎銘的劏字可能是從粟從刀的剿字，他說：

「劏」字的上半部象搖曳下垂的禾穗，上面帶著穗柄和兩片小葉，
長在田上。以「粟」證之，生在木之上的果實爲粟，那麼長在田
上的禾穗，必然是粟米之類。……以刀割粟，即爲剿字。（同前文，
頁4）

郭沫若與史言看法雷同，只是所釋之字有異，他認爲「『劏』殆是刈字，象田中
有禾穗被刈之意」（同前文，頁2），朱德熙藉由考釋帛書及古璽等從曷字諸字，
認爲鼎銘的劏應是從曷從刀之形，他說：

……我們就知道下邊四個見於西周銅器的字也都從曷：

劏□簋　　 劏伯匜　　 劏弔盨　　 師橢鼎

〔註24〕郭沫若〈關于眉縣大鼎銘辭考釋〉，《文物》1972年7期，頁2。

〔註25〕朱德熙〈長沙帛書考釋（五篇）〉，《朱德熙古文字論集》（北京：中華書局，1995），
　　　　頁209。

〔註26〕唐蘭在此前曾提出類似的看法，他說：「待劏當是地名，劏字從卤，即囪字，爲簟的
　　　　象形字。此似當讀鐔，是刀劍的鼻，所以從刀。此應讀譚。金文常見劏伯劏弔的人
　　　　名，似即譚國的譚。」前後二文大同小異，列此以供參考，見〈論周昭王時代的
　　　　青銅器銘刻〉（《古文字研究》第二輯，頁24）。

只要把嗣伯匜曷字偏旁所從的呂移至上方，就跟長沙帛書的曷字偏旁完全一樣了（𗀝→𗀝→𗀝→𗀝）。（同前文，頁 208）

鼎銘左半下從田字，雖與其他三形相異，但也不能排除是同一個字的可能性，鼎銘從田之形也許是其他三字的異體，如馬王堆帛書《戰國縱橫家書》10 的謁字作「謁」，右上所從即田形（朱文有引）。從文字演變源流的歷史來看，上述諸說以朱氏釋爲從曷從刀之剮較爲合理，但是可能尚非定論，拙文姑且依形隸定。至於「待剮」的地望，目前還找不到確切的證據，暫且存疑。

〔8〕螫𠂤

【出處】

旅鼎 02728：「隹（唯）公大保來伐反尸（夷）年，才（在）十又一月庚申，公才（在）螫𠂤，公易（錫）旅貝十朋，旅用乍（作）父障彝。」〔圖六十三〕

【考證】

螫，《說文》幸部有「螫」字，許慎釋云：「螫，引擊也。從幸攴見血也。扶風有螫厔縣。」金文也有從血的形體，與小篆同，學者多將此字隸定爲「螫」。

學者對旅鼎螫𠂤的地望略有出入。有主張可能即金文數見的「由𠂤」，如陳夢家〈斷代（五）〉（60 器）：「旅鼎的螫𠂤疑即由𠂤，《集韻》螫音胄。」有主張螫𠂤即漢代的右扶風螫厔縣，如方濬益（《綴遺齋彝器攷釋》卷四頁三）、唐蘭（《史徵》頁 216），以唐說爲例：

> 當在漢代的右扶風螫厔縣，周初器有螫司土尊和卣。今陝西省周至縣東終南鎮是漢代的螫厔地。

或以爲螫𠂤爲周王經營東方的基地名，如白川靜《金文通釋》第二輯頁七五：

> 螫𠂤所在不明，恐爲東方之基地之名，《綴遺》以爲螫厔，然蓋與螫厔無關也。《厤朔》中謂螫司土幽尊（《貞松》七十五），同卣（《貞松》八·二六）中所見之螫即其地云，尊卣二器同文，銘作『螫司土幽乍且辛旅彝』九字，出土地不明，然因稱且辛，故當爲東方系

之器，蓋爲周初經營東方之一基地也。稱「某司土」者，見于康侯毁
有「濬嗣土逘」，乃在衛地附近，竇蓋亦該方面之地，與出土地萊陰
無關。〔註27〕

或以爲是伐東夷時的師旅駐紮處，如《銘文選》74號：「竇启，召公奭伐東夷的
師旅駐地。」

鼎銘採用以事紀年的方式，銘文云「唯公大保來伐反尸（夷）年」，〔註28〕
「反夷」就是指東夷（憲鼎有征伐「東反尸（夷）」的記錄），學者或以爲鼎
銘與《史記・周本紀》「召公爲保，周公爲師，東伐淮夷、殘奄，遷其君薄姑」
的記載相合，〔註29〕或以爲此番征伐東夷之役不見於史籍；〔註30〕而且銘文
中的「公大保」也有異議，郭沫若（《大系》頁27）認爲是成王時的召公奭，
唐蘭（《史徵》頁216）則認爲應是昭王時的作冊令方尊、彝及明公簋中的周
公子明公。學者之間歧異若此，考古史之難可見一斑。以目前掌握的材料，
恐怕尚不足以定論是非，宜暫作保留。

上述幾家考釋竇启地望的學者，大致都注意到了周初的竇嗣土幽卣
05344、竇嗣土幽尊05917二器，嗣土即文獻所見的司徒一職，金文中的「司
徒」前若繫有專名，可以是國、族、地方的名稱。〔註31〕因此，學者在討論

〔註27〕見《金文詁林補》1356號林潔明譯文。

〔註28〕張光裕先生考釋保員簋，認爲簋銘「唯王既燎，厥伐東夷」，與旅鼎及其他西周器
以事紀年的方式相同，並認爲簋銘伐東夷的記載與旅鼎爲一事，見〈新見保員毁銘
試釋〉，《考古》1991年7期，頁650。

〔註29〕楊亞長〈青銅器銘文所見西周時期的對外戰爭〉，《文博》1993年6期，頁22。

〔註30〕馬承源〈新獲西周青銅器研究二則〉，《上海博物館集刊》第六期，頁151。

〔註31〕楊樹達《積微居金文說・竇司徒幽卣跋》（頁160）：「按銘文稱竇司徒，竇爲國名
無疑，而經傳未見有國名竇者，余初疑竇與周古爲同音字，蓋假竇爲周，如邾國
器時假鼄爲邾之比。細思之，覺其不然。……蓋古縣邑皆有司徒司馬司空，不必天
子諸侯國始有之也。」在楊樹達之後，張亞初、劉雨研究西周金文官制，有更詳
盡的描述：「從西周金文可知，司徒有王官與諸侯屬官的區別，康侯簋的濬司徒、嗣
土幽尊的竇嗣土幽、裘衛鼎盉之嗣土邑人趞、嗣土微邑、嗣土楲毁之旟嗣土楲……都
是諸侯的司徒，不是王室的司徒。同時，司徒還有地方的和軍隊之分，例如晉壺「作
冢嗣土于成周八師」，就說明晉是成周八師的司徒，而且冢訓大，大司徒之稱說明成
周八師中司徒當不只一人。……諸侯司徒材料共八條，從這些材料可以看出，濬、
竇、旟、晉、魯、散等國族地方都設有司徒之官。司徒是當時普遍設置的一種職官。」

鼙𠂤一地時，兼論卣、尊二器的鼙，應是值得參考的。至於鼎銘鼙𠂤的地望究竟何在，白川靜認爲鼙𠂤爲周初經營東方的基地之一，以康侯簋（即渚嗣徒迻簋）也有「某司土」爲例，認爲鼙𠂤可能在衛地附近，並以尊、卣銘有「且辛」而斷定此器爲東方系之器（東方可能是指東都成周），學者已經歸納過西周金文司徒一職的相關性質，司徒一職可見於王室、國族地方，因此白川靜據康侯簋而斷定鼙𠂤所在，實難教人信服。方濬益、唐蘭並考訂爲漢代右扶風鼙屋縣的看法〔註32〕，在文字上較爲有據，鼙屋縣故地在宗周附近，秦時屬咸陽地區，可備一說。〔註33〕又如《銘文選》以爲鼙𠂤伐東夷的駐柴地，從情理來看，雖有可能，但是公大保伐反夷屬大事紀年法，鼙𠂤地望也不見得與伐東夷之事有必然的關係。因此，在史料不足徵的遺憾下，鼙𠂤地望宜先存疑。

〔9〕諆田

【出處】

令鼎 02803：「王大耤農于<u>諆田</u>，餳。王射，有嗣眔師氏小子鄉射。王歸自<u>諆田</u>，王馭溓中僕，令眔奮先馬走。王曰：令眔奮乃克至，余其舍女臣卅家。」〔圖六十四〕

【考證】

諆田，周王行籍禮之地。〔註34〕戡簋有周王命戡「官嗣耤田」的記載，鼎

見《西周金文官制研究》（北京：中華書局，1986），頁9。

〔註32〕不過方氏認爲公大保即召公，且引《公羊傳》隱公五年「自陝而西者，召公主之」爲證，謂鼎銘的反夷是西方諸戎，因此大保往伐，而還在鼙屋，核諸相關伐夷銘文，「反夷」應是指東夷，方氏引證恐不足爲憑。

〔註33〕《漢書·地理志》右扶風下有鼙屋，漢右扶風在秦時屬秦內史，鼙屋故地離秦都咸陽不遠；李吉甫《元和郡縣圖志·關內道二》：「鼙屋縣，畿。東北至府一百三十里。漢舊縣，武帝置，屬右扶風。山曲曰鼙，水曲曰屋。」

〔註34〕《國語·周語上》有虢文公諫周宣王不籍千畝的記載，其中虢文公所言可窺周代籍禮的大概：「及籍，后稷監之，膳夫、農正陳籍禮，太史贊王，王敬從之。王耕一墢，班三之，庶民終于千畝。其后稷省功，太史監之；司徒省民，太師監之；畢，

銘的「耤農」當即耤田之義。諆田的地望，學者大多無考，柯昌濟《韡華》乙
中五一：「諆田，地名，無考，當在周畿內。」不知此周畿是指宗周或成周，從
鼎銘也無法判斷，故暫列於此節。又遹盂有「諆」地（參本章「諆」條目下），
不知與此諆田之諆地是否有關。

〔10〕莽

【出處】

師旂鼎 02809：「師旂衆僕不從王征于方雷，使厽（厥）友引以告于白懋父，
才（在）莽。」〔圖六十五〕

【考證】

莽，從茻從乃。西周金文數見，除了師旂鼎之外，其餘皆作人名。〔註35〕
王昶釋爲《說文》的芳字，〔註36〕後人多從之。

莽地，唐蘭釋云：

> 莽就是莽白，靜毀說「卿鬱莽白」，是合鬱白和莽白。《毛詩》序「《雲漢》
> 仍叔美宣王也。」莽應是仍叔的封邑。其地當在宗周附近，疑是《漢
> 書・地理志》：左馮翊的徵縣，顏師古注：「徵音懲，即今之澄縣
> 是也。《左傳》所雲『取北徵』（美蘭案：『雲』字當是『云』字之誤），
> 謂此地耳。而杜元凱未詳其處也。」莽和徵，韻相近。此時伯懋父
> 在宗周一帶，沒有跟昭王東征。〔註37〕

後來《史徵》（頁 316）一仍前說，只是將師旂鼎的時代改歸穆王。唐氏認爲靜
毀的「莅白」即鼎銘的莽，恐怕有待商榷。一則靜毀字從莽從皿，與鼎銘未必
是一字；再則，毀銘「王以吳奉呂犅卿鬱莅白邦周射于大池」，是指周王與吳奉

宰夫陳饗，宰膳監之。膳夫贊王，王歆大牢，班嘗之，庶人終食。」至於籍禮的
源流及性質，可參看楊寬〈籍禮新探〉，《古史新探》（北京：中華書局，1965），
頁 218～233。

〔註35〕詳《金文編》0088 號。

〔註36〕王昶《金石萃編》（北京：中國書店，1991），卷二頁四。

〔註37〕唐蘭〈論周昭王時代的青銅器銘刻〉，《古文字研究》第二輯，頁 41～42。

等人在大池射箭，唐氏可能因爲誤讀「邦周」爲「邦君」，因此認爲「夒蓋𠂤」
是用來指稱諸「邦君」所從來者，靜簋的「夒蓋𠂤」應是指人名，而非地名。
〔註 38〕至於莽地地望，唐氏認爲即《詩序》所說的仍叔采邑，在宗周附近，查
唐氏所說徵縣，在今陝西澄城附近，位於北洛水東邊，與宗周隔洛、渭二水。

　　從幾件與伯懋父有關的銘文來看，伯懋父至少曾經爲周王室東征（小臣謎
簋）、北征（呂行壺），東征可遠達齊魯一帶，北征則缺乏詳細事跡，無法推斷。
從伯懋父東征北討的記錄說來，唐蘭以爲莽即莽𠂤，未必不能成立，〔註 39〕黃盛
璋即認爲伯懋父當時駐守莽地。〔註 40〕不過，伯懋父受理師旂眾僕失職之事，
未必要在宗周附近。由於莽地在西周金文僅此一見，可循線查考的資料不足，
暫付闕疑。

〔11〕夒師（夒𠂤）

【出處】

善鼎 02820：「唯十又一月初吉，辰才（在）丁亥，王才（在）宗周，王各
　　大師宮。王曰：善，昔先王既令女（汝）ナ（佐）足亝侯，今余唯肇
　　饟先王令，令女（汝）ナ（佐）足亝侯，監夒師戍。易（錫）女（汝）
　　乃且（祖）旂，用事。」〔圖六十六〕

趩簋 04266：「唯三月，王才（在）宗周，戊寅，王各于大朝（廟）。密弔（叔）

〔註 38〕劉雨認爲靜簋「夒蓋𠂤邦周」是「夒𠂤」、「蓋𠂤」、「邦周」三人的代稱，而且是用三
　　　　個地名代表三個地方諸侯君長的人名，並舉金文也有以地名代人名之例，如同𠂤簋
　　　　等，詳見劉雨〈西周金文中的射禮〉，《考古》1986 年 12 期，頁 1114。劉說所謂以
　　　　地名代人名之例，似乎有待商榷，因爲金文所見人名中，𠂤字並不罕見，如𠂤方鼎、
　　　　中𠂤父卣等，均是以𠂤爲名字，雖然金文中有「某𠂤」作爲地名之例，但未必適用
　　　　於解釋靜簋的文例，故劉說恐怕仍需存疑。至於靜簋「夒蓋𠂤邦周」作爲人名，究
　　　　竟應如何解釋，有待進一步研究。

〔註 39〕如西周早期金文有「炎」、「炎𠂤」，于吾省認爲𠂤字是由于時常爲師旅駐紮而得名。
　　　　見于省吾〈略論西周金文中的『六𠂤』和『八𠂤』及其屯田制〉，《考古》1964 年 3
　　　　期，頁 152。

〔註 40〕黃盛璋〈岐山新出儠匜若干問題探考〉，《歷史地理與考古論叢》（濟南：齊魯書社，
　　　　1982），頁 375。

右趞，即立（位）。內史即命。王若曰：趞，命女（汝）乍（作）爕娟冢嗣馬，啻官僕、射、士、訊、小大右、隣，取遺五孚，易（錫）女（汝）赤市、幽亢、緣旂，用事。」〔圖六十七〕

【考證】

金文裏有幾組字形相近的形體，容庚《金文編》分別放在不同的字頭下，由於和本條目所討論的文字十分相關，因此先略論之。茲先將字形列表如下：（表中字頭隸定及器名皆依《金文編》）

字頭及編號	收　錄　字　形
替・0162	1. 替鼎　2. 斷尊　3. 斷卣　4. 仲斷卣　5. 斷伯鬲　6. 井宣鼎
縣・1587	1. 天亡簋　2. 子縣爵　3. 㒼簋　4. 召卣　5. 召尊
爕・1645	1. 衛盉　2. 五祀衛鼎　3. 項爕盨　4. 善鼎　5. 爕王盉　6. 趞簋　7. 靜簋

三組字形有一個共同的交集，也就是偏旁——㸓，從各組字形看來，該字上部所從的口形方向左右不拘，尾形也或省或否，應該可以視爲一字。《金文編》0162、1587 號均釋㸓旁爲縣字，1645 號卻釋爲豩字，1645：3 下注云：「楊樹達釋爕，云豩與縣爲一字」，並將從火旁諸字列於爕字頭下，大多學者在討論1645 號收諸器時，也多半從《金文編》。林澐對上列相關字形，有大不同的看法，茲先引述如下，以便討論：

〔8〕0162：1 㸓隸定作替未確。此字和甲文 、 顯然是同一字。

而口甘偏旁通用，則 1587：5 及 1706：1 ，也是一字。而且 1440

既已釋爲*既*，則以上加或甘旁者均爲*替*字無疑。古璽*潛*字作*潛*（彙2585），馬王堆帛書*蠶*字从*替*作*蠶*，一脈相承。從辭例看，番生殷「夙夜專求不*替*德」，召尊「不*替*伯懋父友」，召卣「不*替*伯懋父友」，天亡殷「不*替*王作庹」，均應讀作*替*。《說文》「*僭*，假也。」《詩・抑》「不*僭*不賊」，傳「*僭*，差也。」箋「*僭*，不信也。」則「不*僭*」乃誠信不二之意。甲文「其*屮替*」（乙3365）、「*亡替*」（乙6721）、「*屮來替*」（京2583）、「*亡來替*」（乙2133），均應讀作*僭*。《詩・雨無正》：「*僭僭*日瘁」，箋「*僭僭*憂之」。又《方言》「*暫*，憂也。」

〔152〕*既*、*羽*、*森*、*森*、*替*釋*韢*誤，應釋*既*及*替*。參看〔8〕。前四字應移入1440*既*條。

〔159〕1645*替*、*替*、*替*等釋*發*根據不足，宜入附錄。〔註41〕

劉釗也結合卜辭、金文，提出類似的見解。〔註42〕林、劉二氏主要先針對有詞義可循的銘文討論，但細覈文字形義及銘文，又略有未安之處。如林、劉主要都根據散氏盤「我*替*付散氏田器」的*替*字可以釋爲「*替*」，再推論番生簋、天亡簋等字均應釋爲「*替*」，進而斷定上表三組字形與「*替*」字有關。〔註43〕然而番生簋與天亡簋、召尊、召卣的字形似略有差別，吳闓生、于省吾早年考釋番生簋，均主張「*替*」字釋爲「*替*」，讀爲「*僭*」，〔註44〕應是可從，番生簋「*羽*」（*替*字所从）與散氏盤「*替*」的下半都略近人形，而天亡簋、召尊、召卣三器字形則顯然比較象動物之形。從辭例來看，天亡簋銘「不顯王乍省，不*替*王乍庹」，林氏謂簋銘「不*替*」乃「誠信不二之意」，雖然於意可通，但是關鍵在於將「不」字釋爲否定詞是否可以成立？郭沫若《大系》（頁1）謂「兩不字均讀爲丕」，陳夢家〈斷代（一）〉云兩句乃「作器者所以美稱時王」，配合全篇銘文，二氏所釋誠爲不易之言。既然確定簋銘的「不」是當釋爲丕，那麼林、劉讀釋*羽*字爲*僭*恐怕也是不恰當的，因爲如此一來，豈不大違作器

〔註41〕林澐〈新版《金文編》正文部分釋字商榷〉，中國古文字學第八屆年會論文，1990。

〔註42〕見劉釗《古文字構形研究》，頁348～352。

〔註43〕林氏在〔159〕條認爲《金文編》1645所收三種字形應入附錄，未作字形分析。劉氏則認爲1645諸字基本形構「*森*」均與「*替*」字有關。

〔註44〕吳闓生《吉金文錄》三・二十四，于省吾《雙劍誃吉金文選》上三・六。

者「美稱」的意旨！至於「𡬝」字，舊說大抵釋爲《說文》𦘫部下所收的「肆」字，如唐蘭《史徵》（頁 14）即云：「《書·堯典》『肆類於上帝』（美蘭案：今本見於〈舜典〉），《說文》引作𦘫。《小爾雅·廣言》：『肆極也』；《左傳》襄公二十六年注：『肆放也』」，然則「不𡬝」應該是美揚周王的氣象宏闊開展之意，與「不顯」意近。再看召尊、卣銘，銘文有「用𣏓不杯」，「不杯」也習見於金文，意近於「不（丕）顯」，因此將「不𡬝」的「不」字釋爲「丕」，以「不𡬝」一詞稱頌伯戀父，意同天亡簋，自是文從意順，舊說在解釋文字形義及銘文兩方面，似乎比較合理。〔註45〕處理有詞義可考的銘文之後，再看上表其他字形。0162 諸形均是專指人名，是否能如《金文編》所錄，都收在𡬝字條下，可能猶待斟酌；1587：2.3 二字也屬人名，《金文編》依形收在該字之下，可從；1645 諸字則問題較多，容庚採楊樹達之說釋燹（參楊氏《積微居金文說》頁 175），未必不可能，但是否適用於該字頭下所有字形，則無法確定。《金文編》權宜處理這三組字形，其間無法確定之處，有待更多的資料來判讀。

從善鼎與趞簋看來，𤉢師、𤉢𣏓似乎同是周室戍守的要津，〔註46〕因此周王命趞在𤉢𣏓擔任「冢司馬」（即大司馬），並掌管僕、射、士等屬官（見趞簋銘）；而善則肩負佐助彙侯之任，並監視𤉢師的戍守。郭沫若《大系》（頁 65）云：「趞𣪘𤉢𣏓之𤉢，彙侯所在之戍地也」〔註47〕，至於其地望所在，則已不可

〔註45〕在討論𡬝形時，有一個金文習見的字可以作爲旁證參考——𦘫，𦘫字左半所從大致與上文討論的𦘫相同，只有少數一兩個字形略有訛變（參《金文編》0474號），學者大都同意釋爲肆，經典訛作肆或肆，若依林、劉所釋，則不知此形又當如何釋讀，姑存疑以俟考。

〔註46〕吳闓生《吉金文錄》一·二十三釋善鼎云：「……趞鼎『命汝作𤉢師冢司馬』，此燹師疑即𤉢師，蓋當時戍師之重鎮也。」拙文姑從吳說，將善鼎、趞簋所見二𣏓列爲一地。

〔註47〕彙侯之彙，黃錫全引《汗簡》古文「𡏖」字（三體石經〈君奭〉釋字古文）爲證，認爲該字即「澤」字古文，黃氏分析古文字形「上爲皀，下爲泉，借皀之足部與泉字𡉙合書，即彙字」，又在唐蘭、郭沫若對金文彙字分析的基礎上，結合古文綜合分析：「彙從皀聲，與《說文》『讀若薄同』之彙從皀聲同，澤從睪聲，皀睪古韻同屬鐸部」，見黃錫全《汗簡注釋》（武漢大學出版社，1990），頁 391。自來學者對彙字形義的分析大抵主張從泉皀聲，如唐蘭〈周王𫑡鐘考〉（《唐蘭先生金文論集》頁

考知。〔註48〕

〔12〕異

【出處】

曶鼎 02838：「佳（唯）王四月既省（生）霸，辰在丁酉，井弔在<u>異</u>爲□。」

〔圖十九〕

【考證】

異，是井弔審理鼎銘所載訴訟事件的所在地，阮元《積古齋鐘鼎彝器款識》卷四・三十九：「異字，古通冀，地名。」實際地望不可考知。

〔13〕 𤲬

【出處】

魯侯尊 04029：〔註49〕「唯王令明公遣三族伐東或，在𤲬，魯侯又囯工，用

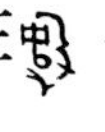

38）、郭沫若《大系》（頁 128）等，但是圃於橐字不見字書，無法得到更進一步的印證，黃氏根據《汗簡》所收的古文字形，彌補了這個環節，十分值得重視。

尚志儒對趞簋「橐侯」有所考證，尚氏在唐蘭引述《說文》橐字「讀若薄」的前提下，謂橐即文獻所見的薄姑氏，橐侯乃薄姑西遷後，又受周王分封之諸侯國後裔，其舊地在山東淄博一帶，西遷後，初居於今陝西西安一帶，後來又徙封到豳地，見尚氏〈略論西周金文中的「橐夷」問題〉，《第二次西周史學術討論會論文集》（西安：陝西人民教育出版社，1993），頁 231～242。尚氏說據實無法完全成立，西周金文自有薄姑（金文作「尃古」，見尚文所引），雖然薄、橐二字古音並屬鐸部，但是如尚文所云，「薄姑（尃古）」在文獻中又作「蒲姑」、「亳姑」，可見「薄姑」沒有省稱爲「薄（蒲、亳）」的證據。尚氏的薄姑說，恐怕有待商榷，姑記於此以備考。

〔註48〕對於簋銘的𤲥𠂤，唐蘭結合靜簋銘文有一點假設，《史徵》（頁 360）：「𤲥從攴𤲥聲，金文或只作𤲥，楊樹達釋爲焚，疑即豳字。古代從火字與山形相亂。等於岳即羌字。而焚本音芬，與豳爲疊韻。《漢書・地理志》右扶風栒邑縣『有豳鄉，《詩》豳國，公劉所邑。』當在今陝西省栒邑縣一帶。」雖然我們不同意金文所見的鏻旁得析形爲從二炙，但是古文字也不乏形近而訛的例證，唐蘭根據楊樹達釋焚的意見而疑該字是文獻的豳字，並非完全不可能，此先存其說，以備後考。

作旅彝。」〔圖六十八〕

【考證】

☐，由於偏旁難識，因此歷來學者對於此字多半無解，主要都參照郭沫若的說法，《大系》（頁11）釋云：

> 本銘才字下一文，上半右旁作☐，當是犬字，召伯虎𣪘有獄字作☐，
> 所從犬字形左右均與此同。右旁當是亓字，古璽文亓字或作☐，與
> 此形近，此當略有剔損處，狀即《說文》獨字重文之☐字，字形稍
> 譌，許以爲「從豕示」，乃沿譌形以爲説。（古璽亓字亦作☐，與古
> 文示字全同）下半所從是邑字。𨙸即盼柴等之本字也。徐廣以爲一
> 作獮者爲近實，盼柴鮮均叚借字。

查考相關字形，拙文以爲郭氏釋形恐怕待議。

郭氏將☐字分析爲三個偏旁——☐、☐、☐。☐，郭氏釋爲犬字，並引金文犬字偏旁爲證，然細核郭氏所引召伯虎𣪘犬字的寫法，實在與☐形不類，再遍檢金文單獨使用及作爲偏旁的犬字，也找不到可以援引的例證，拙文以爲，該偏旁其實就是殳字，甲骨文有一個從豆從殳的字，字形作☐（《京津》4462）、☐（《續》一・二五・二）、☐（《前》一・三五・六）等，右偏旁即殳字，以《京津》4462 的字形爲例，其右旁正與金文的☐形十分相近，因此魯侯尊☐旁隸定殳字應是可行的。☐旁，郭氏釋爲邑字，不知所據爲何，若依郭氏將殳字以外的左旁分爲☐、☐二形，則此字應可釋爲正字，御正良爵的正字即作☐形，上半塡實與虛中無別。至於☐旁，郭氏認爲是亓字的訛形，兩字相較，郭說實難令人信服，☐形有幾個可能：一是女字，如庚姬鬲的姬字偏旁；一是宁字，如頌鼎的貯字偏旁；若是其他字的簡省，不敢妄自揣測了。不過，細核拓片，該字也有可能分析爲從殳、從止、從☐三個偏旁，只是☐旁則有待進一步探討。

〔註49〕 此器歷來異名不少，如「魯侯尊」（柯昌濟《韡華集古錄跋尾》戊上六）、「明公𣪘」（郭沫若《大系》頁 10、容庚《商周彝器通考》頁 344、《集成》04029）、「明公尊」（羅振玉《貞松堂集古遺文》七・十七）、「魯侯彝」（吳闓生《吉金文錄》二・十五）、「下工𣪘」（唐蘭《史徵》頁214）。此器現藏上海博物館，陳佩芬認爲從銘文與器形來看，應以魯侯尊之名爲是，參陳佩芬〈上海博物館新收集的西周青銅器〉，《文物》1981 年 9 期，頁 30。

拙文只是針對字形方面，提出比較合理的分析看法，不過，這對於該地地望的考證助益不大，因爲該字是否可以相對於後世的某字或者已經失傳，目前均尚未能定，字形的辨識，往往是古文字研究無法避免的瓶頸。因此魯侯尊的🔹地究竟在何處，猶待商権，只有分析至此，以俟來者。〔註50〕

〔14〕余土

【出處】

大保簋 04140：「王伐彔子聖，戜，厥反，王降征令于大保，大保克敬亡遣，王侃大保，賜休余土，用茲彝對令。」〔圖六十九〕

【考證】

余土，周王對大保的賞賜地。歷來學者多將🔹字隸定爲「余」，〔註51〕然而西周金文的余字與簋銘的🔹字實不相類，郭沫若《大系》（頁27）云：

🔹字乃从亼从木，當即枱之古文，劍匣也。舊誤釋爲余。余字古作🔹，其稍晚者作🔹，乃琳之古文，……與此判然二字也。

雖然郭氏釋字可能有待商榷，但是他發現舊釋余字之誤，使得後學在釐清銘文內容時又跨進一步。郭氏析形爲从亼从木，自是不錯，不過他又釋爲枱字的古文，則不可盡信，張日昇在《金文詁林》776號下云：

按字从亼从木，《說文》所無，……郭沫若謂琳之古文，然字从△非从合，合象器蓋相合之形，〔註52〕似不當省作△。竊疑字从木亼聲，

〔註50〕吳匡先生認爲該字應隸定爲「賦」，亦即後來《左傳》昭公二十三年及哀公八年所見的「武城」，見吳匡先生〈釋明公殷賦字〉，《大陸雜誌》第六十二卷第一期，頁1～8。吳先生認爲該字左上是周字，的確有此可能，然而謂右偏旁爲戈字之訛，則恐怕有待商榷，姑存疑以待考。

〔註51〕如孫詒讓《古籀遺論》卷二・三十一、吳闓生《吉金文錄》三・三、于省吾《雙劍誃吉金文選》上三・二、楊樹達《積微居金文說》頁 87、陳夢家〈西周銅器斷代（二）〉（《考古學報》第十冊，1995，頁95）等。

〔註52〕合字的形義，主要有兩種說法：一是以合字爲器蓋相合之形，如余永梁、朱芳圃等人，參《甲骨文字詁林》0740 號；另外，李孝定先生《金文詁林讀後記》0689號合字條下云：「合爲盒之本字，象器蓋吻合形，會字从之取義，合亦聲，會實合

即榴字，亼習古音同部，《説文》「榴，木也」，《玉篇》「堅木也」，

金文大保毁用作地名，其地或產榴木，因以爲名。

張氏已指出郭説之非，不過是否可以釋形从木亼聲，讀爲榴，則待商。從幾個古文字來看，如：令、命、龠、食（「飤」字偏旁）等字，其上半部所从的亼形與亼字並無二致，皆是象倒口之形，令、命二字所从表示有所發號，龠字所从表示以口吹奏樂器，食字所从則表示以口就皀（毁）飲食之義，諸字並不从「亼」得聲，〔註53〕與《説文》象三合之形的「△」字無涉。因此大保毁的余字，雖非郭氏所釋的「琭」，恐怕也未必如張氏所釋。

甲骨文也有余字，也是作爲地名，見《合集》3458正：「辛酉，王自余入」，余地學者無考，與大保毁不知是否一地。目前，只能確定該字應可隸定作从亼从木的余字，至於其確實的地望，在史料不足徵的情況，寧付闕如。

〔15〕逺魚

【出處】

章白毁簋 04169：「隹（唯）王伐逺魚，徟伐潮黑，至，寮于宗周。易（錫）章白（伯）毁貝十朋，敢對揚王休，用乍（作）朕文考寶隣簋，其萬年子子孫孫永寶用。」〔圖七十〕

【考證】

逺魚，羅振玉《貞松堂集古遺文・補遺》卷上・二十六隸定作「逑□」；吳闓生《吉金文錄》三・二十二則隸定爲「逑魚」，于省吾《雙劍誃吉金文選》下二・十三、楊樹達《積微居金文説》（頁112）、唐蘭《史徵》（頁343）等均與吳氏釋同。

之轉注字」。一是以爲答字初文，如吳闓生《吉金文錄》三・三十四云「合答同字」；于省吾《雙劍誃吉金文選》上三・十九從吳説；劉釗則進一步析形，以爲象二口相對，見劉釗《古文字構形研究》，頁64～65。

〔註53〕周法高先生在《金文詁林》1207號令字條下云：「高鴻縉謂令从卩省亼聲，非是，亼與令音韻相去懸遠，何得諧聲。林義光謂象口發號，人跽伏以聽，可从。」周先生之説甚是。

⊕象魚字省鰭之形，學者釋爲「魚」字，應是可從。从字，或釋逨，或釋遙，尚無定論，暫時隸定爲遙。（參第二章「𢽼（𢽼遙、𢽼衛）」條目下）

「遙魚」爲周王討伐的對象。于省吾認爲「逨魚，即〈禹貢〉萊夷」，不過，在金文中，代表諸夷的字均寫作「尸」，況且逨字恐怕也不从來，于說恐不可從。唐蘭《史徵》（頁 343）認爲該詞與簋銘的「潮黑」均是地名，但也可能是氏族國家名，因爲無所考訂，尚無法確定，故存目以待考。

〔16〕潮黑

【出處】

章白戲簋 04169：「隹（唯）王伐遙魚，徣伐潮黑，至，尞于宗周。易（錫）章白（伯）戲貝十朋，敢對揚王休，用乍（作）朕文考寶障簋，其萬年子子孫孫永寶用。」〔圖七十〕

【考證】

淖黑，羅振玉《貞松堂集古遺文·補遺》卷上·二十六隸定作「淖黑」，楊樹達《積微居金文說》（頁 112）與羅氏同；吳闓生《吉金文錄》三·二十二則隸定爲「游黑」；于省吾《雙劍誃吉金文選》下二·十三釋作「潮黑」、唐蘭《史徵》（頁 343）作「朝黑」。核字形，應以釋「潮黑」爲是。

潮黑爲周王討伐的對象，唐蘭《史徵》（頁 343）認爲「潮黑」是地名，但也可能是氏族國家名，因爲於史無徵，目前尚無法確定，姑存目以待考。

〔17〕劉

【出處】

穆公簋蓋 04191：「隹（唯）王初如劉，迺自商㠯復還，至于周。王夕卿（饗）醴于大室，穆公友□，王乎（呼）宰□易（錫）穆公貝廿朋，穆公對王休，用乍（作）寶皇簋。」〔圖七十一〕

【考證】

醽，彭曦、許俊成隸定作「醽」，〔註54〕李學勤則云「『初如□』，意爲首次前往某地。地名一字不識，似从『卬』聲。」〔註55〕此字形特此一見，奇古難識，僅能辨釋从皿、从卪，〔註56〕 ⚊形則不識，待考。

〔18〕商白

【出處】

穆公簋蓋 04191：「隹（唯）王初如醽，迺自商白復還，至于周。王夕卿（饗）醴于大室，穆公友□，王乎（呼）宰□易（錫）穆公貝廿朋，穆公對王休，用乍（作）寶皇簋。」〔圖七十一〕

【考證】

「商白」，彭曦、許俊成以爲：「商白，地名，當即今河南商丘，甲骨、金文常見『在某白』。」〔註57〕李學勤則認爲

> 商近于周，當即戰國時商君的商。《史記・商君列傳》集解引徐廣云：「弘農商縣也。」正義云：「商洛縣在商州東八十九里，本商邑，周之商國。」簋銘所載周王前往之地在宗周東南方，歸途行經商白，正是通向宗周的要道。〔註58〕

若依彭、許所考，則周王要遠從河南商白（接近山東、江蘇、安徽三省交界一帶）長途跋涉到千里之遙的「周」（指岐周），雖然未必不可能，但也實在教人難解！也許有鑑於此，李學勤在考證商白地望時，才會起始便指出「商近于周」，從文意看來：「王初如醽，迺自商白復還，至于周」，李氏的考量不無道理。不過，由於醽字不詳其形義，無法參考其地望以推斷商白所在，因此，商白地望

〔註54〕彭曦、許俊成〈穆公簋蓋銘文簡釋〉，《周文化論集》，頁290。

〔註55〕李學勤〈穆公簋蓋在青銅器分期上的意義〉，《新出青銅器研究》，頁68。

〔註56〕卪旁的上半猶有空缺，不知卪上是否有从口的可能，果眞如此，則當是从邑旁，由於未能得見原器，僅在此提一點假設。

〔註57〕彭曦、許俊成〈穆公簋蓋銘文簡釋〉，《周文化論集》，頁290。

〔註58〕李學勤〈穆公簋蓋在青銅器分期上的意義〉，《新出青銅器研究》，頁68～69。

恐怕有待更多資料來考證，不宜遽定是非。

〔19〕直（直啚）

【出處】

恆簋蓋 04199-4200：「王曰：恆，令如更崈克嗣直啚（鄙），易（錫）女縗旂，用事。夙夕勿灋令，恆拜頴，敢對揚天子休，用乍（作）文考公弔寶簋，其萬年世子子孫虞寶用。」〔圖七十二〕

【考證】

直啚，白川靜以爲「直」乃地名，崈克爲人名，即周王命恆賡續崈克管理直邑的農作地的意思。〔註59〕于豪亮則別有說解，于氏云：

> 啚（鄙）讀爲符。……「直鄙」就是「直符」。……直符或稱爲直月，或稱爲直日，視其當直時間長短而定。……直符又稱直事。……蔡邕《獨斷》曰：「直事尚書一人。」……宮廷中需要人日夜值班巡邏，專門負責保衛、安全工作，或執行王所發布的命令，這稱爲「直符」。
> 「嗣直啚（鄙）」讀爲「司直符」，是專門管理直符的事，其職務相當於蔡邕所謂的直事尚書。〔註60〕

據于氏所考，「直符」之制在《周禮》、《國語》已有記載，不過所謂「直符」否能溯源到西周時期，恐怕有待商榷。同屬西周中期的楚簋04247有「莽啚（鄙）」一詞，盧連成、羅英杰釋云：「古代都、鄙相對，莽圖（美蘭案：圖，當是鄙字之誤），當指莽京的四鄙。」〔註61〕而恆簋記載周王命恆官嗣「直鄙」，其用法極有可能與「莽鄙」相似。準此，白川靜認爲「直」爲地名，應是可從的。《周禮·地官司徒》：「鄙師，各掌其鄙之政令、祭祀。」恆可能掌管直鄙的政令、祭祀等事，因此周王囑咐他「勿灋朕令」。不過，直地的實際地望究竟何在，可資參考的線

〔註59〕白川靜《金文通釋·補釋篇》第四十九輯：「崈克で人名であろう。直はおそらく地名。その鄙すなわち農作地の管理を命ずるのである。」頁252。

〔註60〕于豪亮〈陝西省扶風縣強家村出土虢季家族銅器銘文考釋〉，《古文字研究》第九輯，頁269～271。

〔註61〕盧連成、羅英杰〈陝西武功縣出土楚簋諸器〉，《考古》1981年2期，頁131。

索鮮少，不敢妄揣。

〔20〕霄谷（霄谷、杜木）

【出處】

佣生簋 04262-04265：「隹（唯）正月初吉癸巳，王在成周，格伯取良馬乘于佣生，氒貯卅田則析。格伯履，殹妊彶仡從格伯厎彶甸殷，氒紉霄谷杜木、邍谷旅桑，涉東門。氒書史戠武立[illegible]成壘，鑄保簋，用典格伯田。其萬年子子孫孫永寶用。」〔圖七十三〕

【考證】

佣生簋，郭沫若《大系》（頁 81）名爲格伯簋，學者或以爲此簋乃佣生記載其與格伯交易之事，應改稱佣生簋。〔註 62〕銘文內容是記載格伯「取〔註 63〕良馬乘于佣生」，馬的價格是三十田，格伯並踏勘地界，以樹木爲封。〔註 64〕簋銘大意雖可略曉，但是由於幾件簋銘拓片繁簡互有出入，〔註 65〕字形也不盡相同，因此釋讀的分歧不小，如楊樹達《積微居金文說》（頁 26）釋讀簋銘的一段文字：「格白安彶甸殷，氒紉（到）霄谷杜木，邍谷旅桑，涉東門」，楊氏以爲「殷」是地名，格白「按行至田所在之殷地」，「霄谷」、「邍谷」也是地名；郭沫若《大系》（頁 81）則斷句爲「格白安彶甸，殷人紉霄谷杜木、邍谷旅桑涉東門」，不過並未說明文意，但從郭氏句讀看來，顯然郭氏以爲「殷人」是一詞，與楊氏異；而同句馬承源《銘文選》210 號則斷讀爲「殹妊彶仡氒從格白（伯）厎（按）彶甸：殷谷杜木、邍谷旅桑，涉東門」，馬氏根據上海博物館所藏的簋

〔註 62〕如唐蘭《史徵》（頁 442）已改稱佣生簋；又如劉桓亦主張器名應改爲佣生簋，見劉桓〈佣生毀試解〉，《第二次西周史學術討論會論文集》（西安：陝西人民教育出版社，1993），頁 258～262。

〔註 63〕取字，裘錫圭先生認爲應從郭沫若《大系》（頁 81）釋寽，即「付」義，見裘先生〈釋寽〉一文。

〔註 64〕楊樹達《積微居金文說》（頁 27）：「杜木，旅桑，以樹木表田界，所謂封樹是也。」

〔註 65〕舊或著錄有五器，今《集成》收錄了四件佣生簋，唐蘭《史徵》佣生簋後註云：「過去的著錄，均爲五器。現上海博物館藏蓋器合爲一器，故只列四器。簋一未見；簋二在上海；簋三藏中國歷史博物館；簋四藏故宮博物院。」（頁 443）

銘，的確在「甸」字後直接書以「殷谷杜木」。各家所據拓本不同，釋讀差異之大，可見一斑。

霄谷，字或從雨從卩（04262.1、04265），或作（04262.2、04264.1），學者多隸定爲霄，以作此形之字清楚可辨，應可從之（《金文編》1876）。楊樹達《積微居金文說》（頁26）認爲，霄谷是格白與佣生交易的田地所在地名之一。西周金文的谷字可指稱山谷，如啓卣記載周王出獸南山，沿著山谷到達上侯之地，疑篇銘有可能是指霄地的山谷，其地望已不可詳考。

杜木，學者或以爲此乃以樹木爲封界，如楊樹達結合散氏盤銘與文獻記載，認爲「杜木」、「旅桑」均是以樹木表田界（《積微居金文說》頁27）；或以爲篇銘從「霄谷」到「旅榮」均指地名，如孫詒讓《古籀餘論》卷三頁十七、于省吾《雙劍誃吉金文選》上三‧十三。依楊氏之說，則「霄谷」、「邊谷」乃用以說明「杜木」及「旅桑」所在之處，以散氏盤的「敘藪柸木」等例之，是可以成立的。不過由於上引孫、于二氏以爲「杜木」也是地名，故在本條目下標爲「邊谷（邊谷、杜木）」，以供參考，以下「邊谷（邊谷、旅桑）」一條，亦比照處理。

〔21〕邊谷（邊谷、旅桑）

【出處】

佣生篡 04262-04265：「格伯履，毆妊彶佗從格伯安彶甸殷，厥紉霄谷杜木、<u>邊谷旅桑</u>，涉東門。」〔圖七十三〕

【考證】

邊谷之邊，諸家隸定各異，〔註66〕當以孫詒讓所釋爲是，孫氏云：

舊釋爲偶，以字形審之，似當爲邊，致魯原鐘「魯邊乍穌鐘」，邊作（二之一），此作，即彼文之省，第五器作，形尤近也。

〔註67〕

〔註66〕參見《金文詁林》，頁1408。

〔註67〕孫詒讓《古籀餘論》（與《古籀拾遺》合刊，北京：中華書局，1989），卷三頁十七。

孫說極富啓發。遷字與金文邍字雖然未必是同一字，但是從字形上來看，視爲魯邍鐘的邍字之省，卻是可信的，于省吾《雙劍誃吉金文選》上三・十三隸定作「遷」，即與孫氏所見略同。

遷谷，楊樹達以爲是格白與倗生交易的田地所在地名之一，西周金文的谷字可指稱山谷，如啓卣 05410 記周王出獸南山，沿著山谷到達上侯之地。疑此處有可能是指遷僟地的山谷，不過，其地望已不可詳考。

旂桑，字从㫃从水，《說文》所無，姑且隸定爲旂；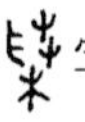字，諸家釋爲「菜（采）」或「桑」，參《金文詁林附錄》（頁 1800）。從字形上來看，該字从爪从二屮从木，諸家釋「菜」或「桑」。卜辭有「采」字，羅振玉《增訂殷虛書契考釋》中・六十一釋云：

> 曰采 
>
> 象取果於木之形，故从爪果，或省果爲木。取果爲采，引申而爲樵采及凡采擇字。

羅氏釋采可從，〔註 68〕卜辭采字从爪从木之形，正與《說文》篆文同；卜辭也有桑字，羅振玉《增訂殷虛書契考釋》中・三十五下釋云：

> 曰桑 
>
> 象桑形，許書作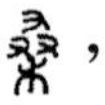，从叒殆由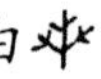而譌，漢人印章桑姓皆篆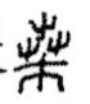，今隸桑，或作，尚存古文遺意。

後世對羅氏釋桑之字並無異議。試將簋銘的「」形對照卜辭的采、桑二字，該字从爪从木从二屮，西周金文獨見，若單從偏旁分析法來看，隸定爲「菜」未必不合。但是，該字若已是訛變的字形，〔註 69〕那又另當別論了，如果上半从

〔註 68〕羅振玉所釋的果字，郭沫若《卜辭通纂・天象》（北京：科學出版社，1983，頁 89）以爲當釋爲「枼」，即「葉」之初文，後來諸家或从羅釋果或从郭釋枼，參《甲骨文字詁林》1409、1441 號下。另外劉釗《古文字構形研究》（頁 214）也主張釋爲枼，可以參見。參酌金文枼字的演變痕跡，似以釋枼爲是。不過，無論釋枼或果，均不影響釋采字的結論。

〔註 69〕倗生簋的字形訛變情況習見，如「履」字，由於字形訛變，辨識不易，歷來釋讀歧異甚多（參下舉裘先生之文），裘錫圭先生結合西周金文踏勘田界的相關銘文，指出該字應即「履」字，見裘先生〈西周銅器銘文中的「履」〉，此說提出，已廣

爪右邊象二屮之形是從木形脫離而出的變形，那麼釋爲桑字也不無可能。近人
引用佣生簋銘，多直接書作桑。〔註 70〕在考量這段銘文是履勘田界所經之地，
又有上文「霄谷杜木」對照，此處釋爲「族桑」，視爲木名，似乎是比較合宜的。
再者，桑字在卜辭與先秦文獻上都有作爲地名的例子，也有以桑名地的例子，
如《合集》37562：「☐在桑貞，☐潽衣（卒？）☐亡災」，郭沫若《卜辭通纂》
七九四片：「癸巳卜，在八桑貞，王旬亡畎」，〔註 71〕「八桑」之「八」，〔註 72〕
或者與卜辭的「三門」、「三戶」的地名（見下文「東門」條目下）相仿，是數
字加上名詞的組合，或者與散氏盤「敿龢棧木」的性質一樣，因爲「八」這個
地方可能盛產桑木，故以八桑名之，凡此命名之由，已不得而知，姑且存疑；
在文獻部分，如《左傳》宣公二年「初，宣子田於首山，舍于翳桑」，杜注：「翳
桑，桑之多蔭翳者。首山在河東蒲坂縣東南」，程發軔《春秋左傳地名圖攷・春
秋地名今釋》考云：

> 江永謂當是首山間地名。《左傳地名補注》：「謂絳縣北六里，有哺餓
> 坂，即食翳桑餓人處」。蓋首山既在永濟，則翳桑不應遠在絳州。或
> 出於傅會。

依古注，「翳桑」之名起於該地桑蔭茂密。總上所述，以桑木爲名之地並非無據，
故此處姑從釋桑之說，隸定爲「族桑」，「族桑」可能是桑木的一種。

爲學界認同；再者，如「良馬」之良，簋銘作「𩾃」或「𩾃」，與早期良字的寫法
也有差距（參《金文編》0887 號），下半部還保留良字寫法，上半部已經略近「鳥」
字的首形了；又如「霄谷」之霄，若無幾組拓片對照，也無法確該字從雨從卩（參
「霄谷（霄谷、杜木）」條下）。比對佣生簋的幾組拓片，相似的例字俯拾即是，此
不具舉。

〔註 70〕如楊樹達《積微居金文說》（頁 26）馬承源《銘文選（三）》210 號、裘錫圭先生
〈西周銅器銘文中的「履」〉（《古文字論集》頁 368）等。

〔註 71〕業師鍾柏生先生繫聯相關地名，考訂卜辭的桑地應在今山東東北部，見鍾先生《殷
商卜辭地理論叢》（臺北：藝文印書館，1989），頁 104～106。鄭杰祥則認爲卜辭
的桑地即班昭〈東征賦〉的「桑間」，其地在今河南省原武縣東南，見鄭氏《商代
地理概論》，頁 234。

〔註 72〕郭沫若《卜辭通纂》釋文逕隸定爲「八桑」二字，鍾先生看法亦同，唯鄭杰祥認
爲「八桑」應視爲一個字，書作「燊」（同前書，頁 234），不知鄭氏所據爲何，此
從前說。

〔22〕殷

【出處】

倗生簋 04262-04265：「格伯履，殹妊彶佋從格伯安彶甸<u>殷</u>，厥紒霄谷杜木、邊谷旅桑，涉東門。」〔圖七十三〕

【考證】

殷，楊樹達《積微居金文說》（頁 26）以爲「殷」是地名，該句意謂格伯「按行至田所在之殷地」，地望不詳。

〔23〕東門

【出處】

倗生簋 04262-04265：「格伯履，殹妊彶佋從格伯安彶甸殷，厥紒霄谷杜木、邊谷旅桑，涉<u>東門</u>。」〔圖七十三〕

【考證】

東門，楊樹達《積微居金文說》（頁 26）謂「蓋田界之所止也」，地望不詳。「東門」之前的動詞是「涉」字，西周金文罕見以「涉」字作爲動詞者，散氏盤有「自瀗涉以南」、「涉瀗」，瀗爲水名，因此涉字釋爲涉水義是文從理順的。不過是否可以據此推測「東門」亦水名，楊樹達認爲：（同前書，頁 225）

> 此銘云「涉東門」，東門既非水名，不得渡涉爲解。《漢書‧高帝紀
> 贊》云：「涉魏而東」，注引晉灼曰：「涉猶入也」，然則涉東門正謂
> 入東門矣。

單從銘文內容來看，難以斷定「東門」一定不是水名，就如同卜辭的「三戶」（《合集》32833）、「三門」（《合集》34219、34220）一樣，陳夢家《綜述》（頁 268）云：

> 卜辭的三戶在鄴西。〈項羽本紀〉「度三戶，軍漳南」，《集解》云：
> 「服虔曰漳水津也；張晏曰三戶，地名，在梁期西南；孟康曰津

峽名也，在鄴西三十里」。《濁漳水注》「漳水又東逕三戶峽，爲三
戶津……，在梁期南。……漳水又東逕武城南，世謂之梁期」。……
卜辭的三門，可能就是三戶，也可能另是一地。〈魏世家〉惠王「二
十年歸趙邯鄲，與盟漳水上」，《正義》曰：「漳水名漳水源，出洺
州武安縣三門山也」。

卜辭「三戶」、「三門」與簋銘「東門」的地名構詞方式雷同，只是「門」字之
前有數字與方位詞的不同而已，「三戶」可以是峽名或津渡名，〔註73〕故而文獻
有「度三戶」的記載，這與簋銘「涉東門」似無二致，而且簋銘的「東門」與
履勘田地相關，若以水文等自然地貌爲界，也是相當合理的。因此，簋銘的「東
門」，不宜排除其爲水名的可能。

〔24〕歈

【出處】

敃簋*04323：「易（錫）田于歈五十田」〔圖二十〕

【考證】

歈，从含从攴。周王賞賜敃田地所在，地望不詳。

〔25〕早（是？）

【出處】

敃簋*04323：「易（錫）田于早（是？）五十田」〔圖二十〕

【考證】

早，自宋人釋爲早字以後，〔註74〕學者並無異說。從字形來看，此「早」
與《說文》「早，晨也」之早同形。許慎對早字的析形是「从日在甲上」，段注：
「甲象人頭，在其上，則早之意也」，以日十（甲）會出早晨之意，頗令人費解。

〔註73〕鄭杰祥《商代地理概論》以爲「三戶」就是後世的「三戶津」，頁48～49。
〔註74〕如薛尚功《法帖》卷十四，頁281；王俅《嘯堂集古錄》五五。

今本所見先秦典籍用以表示晨、先義者，主要有「早」、「蚤」，由於許慎以早字為本字，所以學者咸以蚤為早之假借，這是傳世文獻所呈現的現象。然而，古文字卻提供另一個思考方向，睡虎地秦簡有幾個相關的字形，以下字形引自陳振裕、劉信芳編《睡虎地秦簡文字編》（武漢：湖北人民出版社，1993），以下簡稱《文字編》：

早（頁 81）　早，秦律五：邑之鄰（近）早。按：「早」同皁又秦

律二：早及暴風雨。按：「早」，當作皁。

皁（頁 119）　早，雜抄三十：皁嗇夫。

草（頁 151）　草，日書七三七反：百草。

草，法二一〇：草實

睡虎地秦簡的「早」字顯然並不用作早晨或早先之義，其字形與皁莢的皁字同，《說文》：「草，草斗，櫟實也。一曰象斗。从艸早聲。」段注：「草斗之字俗作皁、作皂，於六書不可通。」「草」字是《說文》唯一从「早」得聲之字，上引秦簡的「百草」應即「百艸」，該草字是艸的後起形聲字，與許慎所說的櫟實無涉，而「草實」可能即許氏所說的櫟實。段玉裁謂草斗俗字作皁、皂於六書不通，但是從秦簡看來，它的確作「皁」形，與「早」字形體如出一轍，再加上《說文》以「日十（甲）」會意，甲字本形本義尚不可知，但也非如許慎所釋，如此似乎難以从日十（甲）會意釋之，而且秦簡的甲字與古文字習見的「十」形不同，就寫作「甲」。目前所見先秦古文字中，可以確定釋為早字者，可能以戰國中山王𰯀鼎所見為最早，鼎銘云：「昔者，虘（吾）先考成王㬥（早）弃（棄）群臣」，㬥字从日棗聲，即後世所謂的「早」；無獨有偶的，上述秦簡文字也見以「棗」字示早晨義者，如《日書》七四三：「利棗不利莫」，《睡虎地秦簡文字編》（頁 92）按語「『棗』，同早」，該「棗」字與「莫（暮）」字相對，讀早可從。古文字中不乏表示早晨、早先的文字，如朝、晨、夙、旦、昧爽、先等字，從上面這些現象看來，竊疑早字本形本義可能與早晨義無涉，而是借「皁」字來表示早晨義，與文獻借「蚤」、古文字借「㬥」、「棗」等字同屬假借，不過，「皁」字形義究竟為何，有待進一步的考察，此處只是對歷來釋簋銘「早」為「早」字提出一點疑問。

　　敔簋「早」字，與西周金文「是」字所從的「早」旁極近，是字从早从止，

𠃊旁形義不明，劉釗曾分析是字：

是字金文作　□　□　□《金文編》九○頁

其所從的「ㄟ」形很可能也是後加上的飾筆，是字的結構最初可能
就是從「日」「止」聲。〔註75〕

劉氏謂「ㄟ」爲後加飾筆，觀察入微，但是所謂飾筆的部分恐怕只宜視爲「ㄟ」
筆而已，劉文並未提到，金文是字的正常寫法應作「□」（毛公旅鼎）、「□」（虢
季子白盤）、「□」（秦公簋）等形，可以明顯看出是由𠃊、止兩部分組成，𠃊形
上半所從雖然象日形，但是整體看來，似乎無法再進一步分析了。而敔簋「□」
字正是與「是」字上半所從同形，竊疑「□」字可能是「是」字，由於簋銘「陰
陽洛」的洛字摹本作「□」，漏寫了一個口字，「□」字也可能是摹寫時漏書止
字，故僅存「□」形。〔註76〕

〔註75〕劉釗《古文字構形研究》，頁30。

〔註76〕王孫遺者鐘、沇兒鐘銘文有「諆」字（參《金文編》0382號諆字頭下），字形從言
（或音）從□，□字所從與敔簋早字形同，故略微論述之。郭沫若《大系》（頁
106）釋沇兒鐘，根據許子鐘摹本似從鳥字，故釋爲鶾，讀爲文獻所見的翰字，學
者大多意此說。徐中舒則結合《禮記・樂記》「樂者，非謂黃鐘、大呂、弦歌干揚」
之文，並引賈誼服鳥賦「水激則早」，早有激揚之意，謂鐘銘的「中（終）諆盧（且）
𩫜（揚）」乃言「既激且揚」之意，徐說見《亙氏編鐘圖錄附考釋》。郭、徐二說皆
可通讀銘文，但是若再從字形上考量，徐說似乎提供我們理解□字的另一個思考
方向。□字即《說文》軑篆，學者咸無疑義，許慎釋云：「日始出光軑軑也。從旦
軑聲」，徐音「古案切」，徐中舒指出《說文》軑字析形有誤，從金文的確看不出
許慎所謂的「從旦」之形，徐氏（同前文）謂軑字應即榦之本字，並以金文字形
爲證（參《金文編》1108號旅字頭下所收前三行字形），以爲「早」形乃形體訛變，
徐氏對許慎釋軑字的質疑是可能的，但是徐氏對軑字析形解字恐怕猶待商榷。□字
寫法也習見於古璽文字（參羅福頤《古璽文編》五・一一），其上半所從顯然是象
旗游之形的放字，至於另一偏旁「早」字，竊疑可能是「早」字之訛（或日與干字
共筆？），上文所舉的睡虎地秦簡有早早二字訛例，包山楚簡二・八五也有諆字，
正是從言從放從早（參滕壬生《包山楚簡文字編》頁194），而早字應即諆字聲符
所在，古文字所見的軑字多讀爲榦，若軑字本是從放早聲，早字則是從日干聲，此
於〈樂記〉「干揚」一詞及徐氏釋「中（終）諆盧（且）𩫜（揚）」二例的音義皆可
通讀。不過早、早二形訛作最早究竟可以推到何時，不得而知，而且西周晚期的
敔簋的早字是否有此可能，這都需要更明確的證據才能成說，故拙文僅就能力所

　　「𣅊」地是周王賞賜敔田地所在，舊釋「早」字，吳東發考其地云：「早同『郮』，在南陽郡築陽縣」，〔註77〕陳連慶據吳說推其地在今湖北穀城縣。〔註78〕穀城為故穀國所在，地近楚境，〔註79〕依吳說，則周王封敔的田地已經到了漢水流域的穀國一帶，可能性似乎不大，姑記以備考。若如拙文假設為「是」字，其地望待考。

〔26〕庠（啟）

【出處】

趞卣 05402：「隹（唯）十又三月辛卯，王才（在）庠，易（錫）趞采曰𣞤，易（錫）貝五朋。」〔圖七十四〕

作冊睘卣 05407：「隹（唯）十又九年，王才（在）庠，王姜令乍（作）冊睘安尸伯。」〔圖七十五〕

作冊睘尊 05989：「才（在）庠，君令余乍（作）冊睘安尸伯。」〔圖七十五〕

趞尊 05992：「隹（唯）十又三月辛卯，王才（在）庠，易（錫）趞采曰𣞤，易（錫）貝五朋。」〔圖七十四〕

作冊𣂤尊 06002：「隹（唯）五月，王才（在）庠，戊子，令乍（作）冊𣂤兄（貺）冥土于相侯。」〔圖七十六〕

盠尊（馬形尊）06011：「隹（唯）王十又二（三？）月，辰才（在）甲申，王執駒于啟。」〔圖七十七〕

「王拘駒啟」

麥尊 06015：「雩王才（在）啟，巳夕，侯易（錫）者𪔂臣二百家。」〔圖七十八〕

作冊𣂤觥 09303：「隹（唯）五月，王才（在）庠，戊子，令乍（作）冊𣂤兄

及，對早字可能涉及的現象作一點簡單的說明。

〔註77〕吳東發《商周文拾遺》卷中頁二十二，

〔註78〕陳連慶〈敔設銘文淺釋〉，《古文字研究》第九輯，頁 313。

〔註79〕參陳槃先生《譔異（貳）》，頁 420。

（既）冥土于相侯。」〔圖七十六〕

作冊斦方彝 09895：「隹（唯）五月，王才（在）庤，戊子，令乍（作）冊斦
兄（既）冥土于相侯。」〔圖七十六〕

【考證】

西周早期有幾件周王室在「庤」處理政務——如進行封賞授土或執行其
他事務的銘文。由作器者來看，可以分為趞、作冊睘、作冊斦〔註80〕三組器，
其中趞及作冊睘兩組屬於傳世器，斦組則於西元 1976 年出土於陝西扶風縣莊
白村。〔註81〕由於三組器都有「王在庤」（或只作省作「在庤」）的記錄，而
且庤字字形無別，因此學者咸以為三組器的「庤」應是一地。此外，麥尊銘
有「王在啟」，盠尊銘有「王初執駒于啟」、「王拘駒啟」，多數學者認為二器
的啟與庤應是一地，只是前者多了偏旁——攴，在古文字中，的確有從攴與
否均無別的字例，〔註82〕加上盠尊的啟也是與周王執事有關，前賢作這樣的
連繫並不是沒有根據的，拙文姑從之。

「庤」之所在，諸家有不同的見解，多數均以為庤應是地名，也有學者主
張庤即周王宮室內的一個地點，而非實指的地名。郭沫若《大系》（頁 14）認
為這幾件銘文所見的「庤」即中方鼎的「寒阺」，也就是在今山東省濰縣的寒浞
故地，黃錫全也主張庤即寒，但地望不與郭釋同，不過黃氏也只說寒地在中原，
並未詳考；〔註83〕吳其昌謂庤即《史記・魏世家》的「岸門」，在漢之潁陰縣、
唐之許州長社縣，其地在今河南許昌一帶；〔註84〕陳夢家〈斷代（二）〉30 器
釋趞卣，則以為麥尊的啟是「鎬京宮寢的一部分」，庤可能亦同，也可能是地名；

〔註80〕斦器出土簡報將該字隸定為折，《金文編》也收在 0085 號折字頭下；唐蘭《史徵》
（頁 294）、馬承源《銘文選》89 號等則釋為「旂」字。無論釋折釋旂，在字形上
都必須視為簡省，不過由於該字只出現在人名，無所推論，斦銘文拓片乃从卜从
斤之字，故拙文逕以斦字隸定。

〔註81〕陝西周原考古隊〈陝西扶風莊白一號西周青銅器窖藏發掘簡報〉，《文物》1978 年
3 期，頁 3。

〔註82〕如工與攻，東周習見的「工帀」，國差鐩又作「攻帀」。

〔註83〕黃錫全《湖北出土商周文字輯證》，頁 20、28。

〔註84〕吳其昌《金文厤朔疏證》卷二，頁三十～三十一。

于省吾則認爲庠即岸，在庠即謂在辟廱（即辟雍）環水的岸上；〔註85〕唐蘭早年討論康宮問題時，將庠（唐釋爲斥）地與昭王南征之事連繫，認爲庠地應在湖北的漢水流域一帶，〔註86〕唐氏後來在《史徵》（頁252）又一改前說，認爲庠、啟一地，庠爲斥之本字，啟爲拆之本字，《漢書·地理志》右扶風雍縣下有「橐泉宮孝公起」，唐氏疑橐泉宮之名乃依地名而起，其故地在今陝西省鳳翔縣；盧連成則認爲，盠尊記載周王行執駒禮的啟、豆與散氏盤的梉、豆應是同名同地，又從矢、散兩國的大概方位看來，庠（啟）地應在汧渭二水之會，西距豐、鎬二百餘里。〔註87〕

美蘭案：庠字從广從干（或益增攴字），諸家考釋大抵建立在庠（啟）字從干得聲的基礎上。郭沫若、黃錫全將庠地與中作父乙方鼎的「寒」視爲一地，除了音近的關係之外，並沒有更爲可靠的理由，但是從鼎銘與趠尊只相距一日的現象看來，庠與寒雖非一地，但相距也應是不遠（參第三章「寒」地條目下）。唐蘭在釋麥尊的「啟」地時，將庠字釋爲斥的本字，並通橐泉宮之橐字，主要是受到《說文》斥篆的影響，斥字篆文從广汧聲，《說文》汧字就收在干部之下，實際上從古文字來看，汧、干二字並不相涉，唐蘭的說法並不可從。至於盧氏將庠地與散氏盤的梉連繫，謂在汧渭之會，我們姑且不論其考證的地望是否正確，但是將庠與盤銘的梉視爲一地恐怕是有待商榷的，散氏盤的梉是矢、散兩國劃分田界時行經的地點之一，盧文也提到，從盤銘「彝梉」可知，「梉似爲高崗之地」，于省吾認爲散氏盤的梉即岸字，指高地的崖岸，又以封界多樹木，故從木，于說應是可信的〔註88〕，而從幾件出現庠（啟）地的銘文可知，周王在此處或封賞臣屬，或舉行執駒禮，該地顯然是周王處理政務的要地之一，如此看來，庠（啟）與盤銘的梉爲一地的可能性極小。至於吳其昌的岸門說，古岸門在今河南許昌一帶，顧祖禹《讀史方輿紀要》卷四十七開封府許州下云：

> 州西控汝洛，東引淮泗，舟車輻集，轉運易通，原野寬平，耕屯有

〔註85〕于省吾〈讀金文札記五則〉，《考古》1966年2期，頁102。

〔註86〕唐蘭〈西周銅器斷代中的「康宮」問題〉，《考古學報》1962年1期，頁32～35。

〔註87〕盧連成〈庠地與昭王十九年南征〉，《考古與文物》1984年6期，頁76～77。

〔註88〕于省吾〈讀金文札記五則〉，頁101。

賴。……自天下而言，河南爲適中之地；自河南而言，許州又適中
之地也。北限大河，曾無潰溢之患；西控虎牢，不乏山谿之阻；南
通蔡鄧，實包淮漢之防；許亦形勝之區矣。

岸門正位於許州東北，對周室與南國的交通有關鍵性的作用，上文提到，庠地
與周王南征而返時所經過的「寒」地相距不遠，那麼吳其昌的說法是有可能
成立的。此外，于省吾認爲庠是辟雍環水的岸上一說，辟雍是古代的大學，
是西周王室與貴族活動的場所，又有水池環繞，〔註89〕因此于氏的說法不無
可能。

〔27〕隲（縛？）

【出處】

農卣 05424：「隹（唯）正月甲午，王才（在）隲匜，王窺（親）令白皙曰，
　　　母（毋）卑農弋，……農三拜諨首，敢對陽（揚）王休，從作寶彝。」

〔圖七十九〕

【考證】

隲，西周金文獨見，劉心源《古文審》卷四云：

此字从隥，鐘鼎文中尊字例如此，又从系，爲縛，……此假爲鄭，
他器多用奠爲鄭，惟唐典彝用隥，此卣用縛，皆鄭字也。

劉氏以爲从「隥」，主要是由於幾個偏旁的組合：阜、酉、尹〔註90〕，楊樹達
《積微居金文說》（頁 125）隸定爲「隲」，于省吾《雙劍誃吉金文選》下三·
十一隸定作「隲」，吳闓生《吉金文錄》四·十四則逕隸定爲「縛」字，顯然
諸家見解略同。不過劉氏謂此字假借爲鄭字，則無所憑據，不可盡信。隲地，
爲周王行宮所在，雖諸家析爲从隥从系，釋爲「縛」字，但是從該字結構看
來，是否能直接分析形體爲从隥从系，恐怕猶待商榷，姑依形隸定作隲，地
望待考。

〔註89〕有關古代「辟雍」的特點，可以參見楊寬〈我國古代大學的特點及其起源〉，《古
　　　史新探》，頁 197～217。

〔註90〕此形象又二手合抱形，如君字所从，參《金文編》0133 號君字頭下。

〔28〕嘗

【出處】

效卣 05433：「隹（唯）四月初吉甲午，王雚于嘗，公東宮內鄉于王，王易（錫）公貝五十朋，公易（錫）厥涉子效王休貝廿朋。」〔圖八十〕

效尊 06009：「隹（唯）四月初吉甲午，王雚于嘗，公東宮內鄉于王，王易（錫）公貝五十朋，公易（錫）厥涉子效王休貝廿朋。」〔圖八十〕

【考證】

效器「王雚于嘗公東宮內鄉于王」一句，有幾種不同的讀法，陳夢家〈斷代（五）〉云：

> 方濬益謂「雚當釋觀，嘗爲地名」。郭沫若同此讀法。若依此讀法，則「內鄉于王」的主詞和「王易公」之「公」是「公東宮」。「公東宮」可能和「公大保」同例，則「東宮」乃是官名，亦見穆王以後的舀鼎。第二種讀法以嘗公爲一人稱，則「東宮」必須爲另一人，是「內鄉于王」的主詞，「東宮」或是官名，或是姓氏如南宮之例。第三種讀法，可讀作「嘗公東宮」，嘗爲東宮的封邑，則「內鄉于王」省去主詞。第四種讀法，可讀爲「嘗公東宮」，即嘗公之東宮（宮室）。（美蘭案：吳闓生《吉金文錄》四‧十、于省吾《雙劍誃吉金文選》上三‧廿七讀如此）

依第一種讀法，似無不合之處，舀鼎中就有「東宮」，負責處理舀與匡季的糾紛，「東宮」可能是人名或職官名，地位也相當高，〔註91〕因此效器的「東宮」也可能是「公」的職官或名字；〔註92〕若依第二種讀法，雚字無論釋爲觀游、灌祭（祼）或觀兵〔註93〕，對於「王雚于嘗公」一句都不好解釋；依第三種

〔註91〕張亞初、劉雨《西周金文官制研究》，頁 48。

〔註92〕郭沫若《大系》（頁 102）認爲效卣的「東宮」即舀鼎的「東宮」，而且效卣的器主「效」亦即舀鼎的「效父」。

〔註93〕劉雨認爲此觀字乃征戰的術語，並引高田忠周《古籀篇》爲據，見劉雨〈西周金文中的軍禮〉，廣州東莞：紀念容庚先生百年誕辰暨中國古文字學國際學術研討會論文，1994。

讀法，則嘗公即東宮，東宮為人名或職官名，此解與第一種讀法略同，但是此與第二種讀法一樣，釋為王觀游（或灌祭、觀兵）于「嘗公東宮」這個人，文意不易理解；第四種讀法，如吳闓生認為蒦即灌，亦即《詩》「裸將于京」之裸，也就是周王在嘗公東宮進行蒦祭，於禮似亦無不合之處。〔註94〕

　　如果上述第一種讀法可以成立，則嘗地即為周王所「蒦」之處，多數學者都將蒦字釋為觀，《書‧無逸》「則其無淫于觀、于逸、于遊、于田」，觀是一種游逸性質的活動；如依吳闓生讀為灌，則為祭祀，言周王祭祀于嘗地；若是觀兵之意，則謂周王觀兵于嘗地。以此三種說法釋讀銘文，都有可能成立。不過也由於線索有限，嘗地地望待考。

〔29〕新崇

【出處】

臣衛父辛尊 05987：「唯四月乙卯，公易（錫）臣衛宋豊貝四朋，才（在）新崇，用乍（作）父辛寶彝。」〔圖八十一〕

【考證】

　　新崇，學者多釋為「新京」，〔註95〕陳公柔並認為銘文中的「新京」可能與「新邑」（成周）有關。〔註96〕細覈拓片，該字與恆簋「令汝更崇克嗣直畐」的「崇」字十分形似，《金文編》在 0881 號下只收錄恆簋的崇字，尊銘的崇字則失收。學者逕釋為「新京」，恐怕證據不夠堅強，由於恆簋的「崇」字是人名，〔註97〕尊銘的「新崇」是地名，二者均無義可考，姑隸定為「新崇」，其

〔註94〕若從饗禮（「內鄉（饗）于王」）的角度來看，將「蒦」字釋為灌（裸）祭之禮，應是諸說中較好的，因為從文獻看來，先秦記載舉行饗禮的次序中，裸禮是「獻賓」時一項重要的節目，詳參周聰俊《饗禮考辨》（國立臺灣師範大學國文研究所博士論文，1988）第五節「行禮次序」，頁 217～255。

〔註95〕武漢市文物商店〈西周衛尊〉，《江漢考古》1985 年 1 期，頁 103；賓暉〈金文試釋二則〉，《江漢考古》1985 年 1 期，頁 60；陳公柔〈西周金文中的新邑、成周與王城〉，《慶祝蘇秉琦考古五十五年論文集》（北京：文物出版社，1989），頁 388。

〔註96〕陳公柔〈西周金文中的新邑、成周與王城〉，頁 388。

地望待考。

〔30〕𡗜土

【出處】

作冊折尊 06002：「隹（唯）五月，王才（在）厈，戊子，令乍（作）冊折兄（貺）𡗜土于相侯。」〔圖七十六〕

作冊折觥 09309：「隹（唯）五月，王才（在）厈，戊子，令乍（作）冊折兄（貺）𡗜土于相矦（侯）。」〔圖七十六〕

作冊折方彝 09898：「隹（唯）五月，王才（在）厈，戊子，令乍（作）冊折兄（貺）𡗜土于相矦（侯）。」〔圖七十六〕

【考證】

土，周王賞賜相侯土地所在。，舊釋爲望，〔註 98〕主要是將上半所从視爲臣字，伍仕謙謂即臣字變體，覈拓折組每件拓片的字形，其上半所从均與秉字（姬字右旁所从）無別，由於此字只出現於專名，若要將秉字解釋爲臣字的變體，證據似乎不是十分充足，字形恐怕還是應該析爲从秉从人，隸定作𡗜，音義待考。

𡗜土，只見於作冊折組銘文，由於𡗜土是周王賞賜相侯的土地，所以有必要對銘文中的相侯稍作考證。先說相侯的相字，作冊折尊銘拓片原字作，多

〔註 97〕陳漢平認爲恆簋的「㞢」當釋爲「蹴」，並謂「㞢」在簋銘中讀爲「就職」之就，見陳漢平《金文編訂補》（北京：中國社會科學出版社，1993），頁 60、418。恆簋「王曰：令汝更㞢克嗣直啚」，西周金文習見周王命臣屬「更」其祖考或某人的職司，如曶鼎「令汝更乃且考嗣卜事」、班簋「王令毛伯更虢城公服」、曶壺「王呼尹氏冊令曶曰：更乃且考作冢嗣土于成周八𠂤」等，更即賡續之義，此處的「㞢」字應釋爲人名才是。又陳氏釋㞢爲蹴字，證據似乎不夠堅強，待考。

〔註 98〕如陝西周原考古隊〈陝西扶風莊白一號西周青銅器窖藏發掘簡報〉，《文物》1978 年 3 期，頁 3；黃盛璋〈西周微家族窖藏銅器群初步研究〉，《歷史地理與考古論叢》，頁 286；伍仕謙〈微氏家族銅器群年代初探〉，《古文字研究》第五輯，頁 105，伍氏並說明該字上半所从乃變體（指臣字）。

數學者都釋爲相字，〔註99〕伍仕謙則認爲應該隸定爲柜，〔註100〕容庚《金文編》在 0578 號相字頭下收錄折尊（即作冊忻尊）之字，又在 0958 號柜字頭下收忻觥（即作冊忻觥）之字，並注明「柜侯」。目、臣二字的差異本來就在目形橫書直書不同而已，目、臣二字早在甲骨文中就有掍淆使用的情形，〔註101〕當二字作爲偏旁時，如果爲了配合整體字形結構而略作更動，那麼從臣從目就更不易辨清了。卜辭也有從木從臣的柜字，也作爲人名使用（婦柜），李孝定先生《甲骨文字集釋》（頁 1146）收在「相」字頭下；又作冊忻組本銘就有單獨出現的「臣」字，字形作 𝌆 （「賜金賜臣」之臣），而三件銘文的 𝌆 侯之字右旁所從沒有一字與直目形的臣字寫法相同的，說者或可謂此乃刻意求書法上的變化而已，不過從目、臣二字早有互作的情形看來，前賢釋爲相侯應該是可信的。

　　相侯之相，黃盛璋認爲：

> 相侯爲封于相地之侯，傳世有相侯毀，當爲一人。《括地志》：「故殷城在相州内黃東南十三里，即河亶甲所築都之，故名殷城也」。《元和郡縣志》相州下：「後魏孝文帝于鄴立相州，初孝文幸鄴，訪立州名，尚書崔光對曰：『昔河亶居相，聖皇天命所相，宜曰相州』，孝文從之，蓋取内黃東南故河亶甲居相之城爲名也」，可見故老相傳，認爲相即在此。〔註102〕

黃氏以爲相侯乃相地之侯，相也可能是國名，西周的相侯也許是周王分封於殷故地者，只是史籍闕載，〔註103〕黃氏釋相之地望，可備一說。〔註104〕如果相之

〔註99〕如上引出土考古簡報、黃盛璋及唐蘭《史徵》（頁 295）等，均釋爲相侯。

〔註100〕伍氏認爲柜當讀爲陳蔡之陳，因爲臣、陳同屬眞韻可通，見伍仕謙〈微氏家族銅器群年代初探〉，頁 105。伍氏所云即嬀姓之陳，西周金文所見的嬀姓陳國均寫作敶，縱使伍氏釋柜可通，然則謂柜即嬀姓之陳，恐怕也是不可行的。

〔註101〕參陳煒湛〈甲骨文異字同形例——五、臣目〉，《古文字研究》第六輯，頁 237〜238。

〔註102〕黃盛璋〈西周微家族窖藏銅器群初步研究〉，頁 286。

〔註103〕馬承源《銘文選（三）》137 號釋夨毀中的相侯，即主張相爲西周國名。

〔註104〕相地也見於卜辭，鄭杰祥考證其地即河亶甲所居的相地，地望在河南内黃縣，見鄭氏〈殷虛卜辭所記商代都邑的探討〉，《甲骨文發現一百周年學術研討會論文集》（臺北：文史哲出版社，1998），頁 248〜249。

地果在河南內黃，那麼周王賞給相侯的采地——冥土，當然也有可能就在相地一帶，〔註105〕不過由於冥字不識，不敢妄作推斷。

〔31〕壴

【出處】

盠尊蓋（馬形尊） 06012：「王拘駒壴」〔圖七十七〕

【考證】

壴，獨見於盠尊，諸家考釋不一，郭沫若隸定為「壴」，譚戒甫、李學勤釋「豆」，周萼生釋「郭」，朱芳圃釋「𦎧」（厚、覃二字所從）等。〔註106〕郭氏乃依形隸定，未分析字形，為行文之便，暫依郭氏隸定。周氏釋郭（即墉）字，該字與古文字所見的郭字並不相類，周說之誤無庸置疑。參酌其他從壴之字，馱簋有「𧯼」字，其下半所從正與盠尊的壴字類似，《金文編》收在 0765 號，〔註107〕學者對於此字釋讀不一，或釋糧，〔註108〕或釋登（金文又作䇮，即文獻所見的「烝」或「蒸」）〔註109〕；又金文「厚」字（如牆盤、厚趠鼎）所從的𦎧旁也與壴字相仿。若就從壴的相關字來看，釋為「𦎧」可能是比較恰當的，不過我們也不能排除壴為豆字異體的可能。由於壴字在金文中只見作為專名使用的文例，無法遽定是非，姑且先從郭沫若依形隸定為壴。

〔註105〕黃盛璋認為冥土即望土，並引三晉印有「望丘」一地，同前，頁 286；不過釋望於字形不符，故此說「望丘」一地恐難援以為據。

〔註106〕郭沫若〈盠器銘考釋〉，《考古學報》1957 年 2 期，頁 4；譚戒甫〈西周晚季盠器銘文的研究〉，《人文雜志》1958 年 2 期，頁 106；李學勤〈郿縣李家村銅器考〉，《文物參考資料》1957 年 7 期，頁 58；周萼生〈郿縣周代銅器銘文初釋〉，《文物參考資料》1957 年 8 期，頁 53；朱芳圃《殷周文字釋叢》卷中（北京：中華書局，1962），頁 122～1243。又陳邦懷以為該字象器物形，與豆形近，見陳邦懷〈盠作駰尊跋〉，《人文雜誌》1957 年 4 期，頁 70。

〔註107〕林澐認為該字下部乃覃字所從，宜入附錄，見林澐〈新版《金文編》正文部份釋字商榷〉〔72〕，頁 4。

〔註108〕如張政烺〈周厲王胡簋釋文〉，《古文字研究》第三輯，頁 113。

〔註109〕如張亞初〈周厲王所作祭器馱簋考〉，《古文字研究》第五輯，頁 157。

　　尊銘云「王拘駒喜」，單從此句尙無法判斷喜字是否爲地名，由於盠尊另有「王執駒于啟」、「王拘駒啟」的記載，因此學者視爲地名應是不誤。〔註 110〕郭沫若〈盠器銘考釋〉（頁 4）云：「『啟』是地名，則馬尊蓋之二的喜亦當是地名。如非同地異名，則是區域有大小」，郭氏謂啟、喜爲同地異名或地有大小，雖然未必，但是從周王在此二地行執駒禮看來，喜與啟地相去不遠是可以想見的，至於啟地所在，由於實際地望尙不確定（參本章「庠（啟）」地條目下），因此目前也只能推論到此。

〔32〕佣

【出處】

目鼎〔註 111〕：「隹（唯）七月初吉丙申，晉侯令目追于<u>佣</u>，休有擒。」

　　　　　〔圖八十二〕

【考證】

　　從鼎銘可知，佣地是晉侯命目追擊敵人的地點，馬承源認爲：

> 佣是目所追擊敵人的終點，是地名，初以爲是西周金文的佣國，佣
> 氏之器有佣伯簋，佣生簋，此佣即是國氏之稱。但是看銘文中此次
> 作戰的追擊行動不云王命而云晉侯命，知佣的地望應在晉侯兵力所
> 及的範圍內，或者就在河東一帶，故不是金文中的佣國，佣伯的封
> 邑不在晉，可能是在扶風之郥邑，因郥、佣古同音字，但銘中此佣
> 是晉侯命目追擊來犯之敵的地名，若非晉地亦必與晉相近。因思佣
> 當是西周晉北疆的蒲，《說文》：「佣，輔也，从人朋聲，讀若陪位。」
> 以輔訓佣，是爲聲訓，輔佣是雙聲字，輔、蒲亦雙聲，古同屬魚部
> 並紐。《說文》云佣讀若陪，陪也是並紐字，爲之部，之從旁轉，所
> 以佣音和蒲音是極其相近的。從地望來看，蒲在晉的西北疆，若獵

〔註 110〕馬承源《銘文選（三）》263 號斷讀爲「王拘駒，厚易盠駒」，將該字釋爲厚，並屬下
　　　　讀。從同銘所見文例來看，恐怕以郭氏等釋爲地名比較合適。

〔註 111〕馬承源〈新獲西周青銅器研究二則〉，《上海博物館集刊》第六集，頁 153〜154。現藏
　　　　上海博物館。

犹東侵，則首當要衝。此當是晉侯命擊伐來犯之敵，追之於蒲地，
趕出晉疆。〔註112〕

此外，陳高志對於冒鼎的佣地，比較趨於佣國的說法，陳氏引許慎《說文》崩
篆「右扶風䣜鄉」，認為冒鼎的佣即佣生、佣伯之佣，即位於漢代右扶風䣜縣的
䣜鄉。〔註113〕

　　從西周金文與佣國（或族氏）可能有關的銘文看來，〔註114〕目前尚無法確
定佣國故地所在，即使佣國故地果在右扶風䣜縣（今陝西西安附近），則該地乃
位於文王「作邑于豐」的豐邑一帶，〔註115〕就在宗周附近，而晉國遠在山西的
河、汾之間，除非冒鼎的晉侯不在晉國發令，否則馬氏不取佣國之說的理由，
應是值得深思的。馬氏謂佣即古蒲地，佣、蒲二字聲母雖然同屬並母，韻母則
一屬蒸部一屬魚部，是否可就此通假，有待商榷，姑備一說。

〔33〕虞

【出處】

保員簋〔註116〕：「唯王既寮（燎），厥伐東夷。才（在）十又一月，公返自
　　　周，己卯，公在虞，保員遷，厈公賜保金車，……。」〔圖八十三〕

【考證】

　　虞，張光裕先生依隸定爲上从虍下从又，並未進一步解說形義；〔註117〕馬

〔註112〕同上，頁 154。朱啓新〈不見文獻記載的史實——記上海博物館搶救回歸的晉國青銅
　　　　器〉（中國文物報，1994 年 1 月 2 日）一文對於佣地的說明，主要引述馬氏之說。

〔註113〕陳高志〈晉國器物冒鼎銘文小識〉，《中國文學研究》第九期，頁 30～32。

〔註114〕目前所見資料，與佣國（族氏）有關的銘文可能有（器名後所附編號，未標明者爲《集
　　　　成》號碼，標注 M 者爲馬承源《商周青銅器銘文選》編號）：一、佣生——佣生簋 04262
　　　　～04265、曩仲壺 M211（「曩仲作佣生飲壺」）；二、佣仲——佣仲鼎 00029（「佣仲作畢
　　　　媿媵鼎」）；三、佣伯——佣伯簋 03847（「佣伯🔲自作尊簋」）；四、佣万——佣万簋
　　　　03667（「佣万作義姚寶尊彝」）。

〔註115〕參顧祖禹《讀史方輿紀要》卷五十三陝西西安府䣜縣䣜城條下所引，頁 2348～2349。

〔註116〕著錄見第二章「周」條目下【出處】。

〔註117〕張光裕〈新見保員𣪘銘試釋〉，《考古》1991 年 7 期，頁 649～652。

承源釋爲虐字；[註118] 陳秉新釋爲虗字，謂即《說文》的「攄」字。[註119]

　　細覈拓片，張氏的隸定，陳氏已指出其非，字上半從虍不從且。而馬氏釋爲虐，謂字象虎下倒子形，其下又復有一爪（即又字），並以《說文》析爲「从虍爪人」的虐字比附，釋義爲「殘子」，由於該字在簋銘中爲地名，無法援文例確定釋虐是否正確，但是馬說在釋字形方面的證據並不十分充足，故此說有待商榷。相形之下，仍以陳氏釋爲虗字比較信而有徵，陳氏云：

> 此字上部作 ![字形]，从虍、从曰，不從且，應隸定爲虗，即古盧（鑪）字。

> 對于古文字盧字的演變過程，于省吾先生論之甚詳。甲骨文盧字作 ![字形]、![字形]、![字形] 等形，或增虍作 ![字形]，金文作 ![字形]（趞曹鼎），省作 ![字形]（伯公父匜盧字所从）、![字形]（郑公華鐘鑪字所从）。後者與我們討論的這個字的上部形體相似，釋虗當無可疑。虗字从又、虗聲，字書所無，當是《說文》的攄字。[註120]

文中並引用湯餘惠、吳振武二位學者考釋戰國文字的成果，[註121] 說明陶文的「![字形]」與璽印的「![字形]」等字應是自金文虗字演變而來的。陳氏上溯甲金，下推陶璽，單就從字形上來考量，顯然比張、馬二氏之說有據，而且馬氏所說的「倒子形」，從金文看來，應即虗字下半的變體，陳氏釋虗應是可信的。

　　至於簋銘虗地所在，我們先看陳氏的推論：

> 保員簋的虗（攄）是地名，當讀爲盧。古盧地有兩個地點可以考慮：一爲戰國韓之盧氏邑，即今河南盧氏縣。一爲春秋齊邑。《左傳‧隱公三年》：「齊、鄭盟于石門，尋盧之盟也。」杜預注：「盧，齊地，今濟北盧縣故城。」顧棟高《春秋大事表‧列國都邑》盧下云：「杜注『齊地』，後爲齊公子高邑。《成十七年》『高弱以盧叛』，即此。

〔註118〕馬承源〈新獲西周青銅器研究二則〉，《上海博物館集刊》第六集，頁 151。

〔註119〕陳秉新〈金文考釋四則〉，「紀念容庚先生百年誕辰暨第十屆中國古文字學學術研討會」論文，1994。

〔註120〕陳秉新〈金文考釋四則〉，頁 1。

〔註121〕湯餘惠〈略論戰國文字形體研究中的幾個問題〉，《古文字研究》第十五輯，頁 9〜100；吳振武〈釋戰國文字中的从「虗」和从「朕」之字〉，《古文字研究》第十九輯，頁 490〜499。

今盧城在濟南府長清縣西南二十五里。」銘文記載，十一月公返自
周，當是從宗周返回征伐東夷前線，己卯，公在盧，這個盧，當是
齊之盧邑，以其地近東夷，又有齊可爲依托也。〔註122〕

陳氏認爲銘文云「公返自周」乃是返回東夷，這點從銘文中看不出線索。簋
銘「唯王既尞，厥伐東夷」二句究竟與下文「在十又一月，公返自周，己卯，
公在盧⋯⋯」的關係如何，學者意見不同，張光裕先生認爲應是「時王在伐
東夷之前曾舉行燎祭」，張氏同時又提出其他可能性，謂「在十又一月」若屬
上讀，則伐東夷事在該年十一月，若屬下讀，則賞賜保員應在伐東夷之後，
而「唯王既尞，厥伐東夷」兩句也有可能是以事紀年的文例〔註123〕；馬承源
則結合《逸周書・世俘》及小盂鼎，認爲「此燎爲周王伐東夷班師告廟之禮
中的一個重要節目」，也就是說，燎祭的舉行在伐東夷獲勝之後，而非在出征
之前。〔註124〕保員簋的內容十分簡扼，若單就〈世俘〉及小盂鼎記載的燎祭
而言，〔註125〕似乎是以馬說爲勝，然而這牽涉到西周時期的軍禮，在軍隊出
征及班師之時，是否各有不同的祭祀儀節，由目前所見的文獻及古文字材料
來看，似乎尚不足以復原出比較接近當時的實況。因此，上述二種說法，都
需要更確切的證明。也由於簋銘記載簡略，因此「公返自周」是否表示犀公
從周（歧周）返回某地是在燎祭之後，如果前兩句不屬大事紀年的話，那麼
「公返自周」應該是在伐東夷以後的事了。從簋銘看來，「在十又一月，公返
自周」與「己卯，公在盧」二事的關係並非只有一種可能，或是犀父在返回
某地的途中，到了盧地，由於保員隨侍在側，故犀公有所賞賜；或者是犀公
回到某地之後，再出發前往盧地，目前尚無法從簡略的銘文內容判斷。因此，
上引陳氏認爲盧應是近東夷之地，恐怕不盡然，陳文所引河南的盧氏縣，有
戰國的璽印、布幣文字可以證明，不妨也納入簋銘盧地地望的考量。

〔註122〕陳秉新〈金文考釋四則〉，頁2。

〔註123〕張光裕〈新見保員毀銘試釋〉，頁649～650。

〔註124〕馬承源〈新獲西周青銅器研究二則〉，頁151。

〔註125〕覈小盂鼎拓片，馬氏所說的燎祭內容，銘文拓片並不清楚，姑存疑之。

第二節　地名之斷讀待考者

〔1〕夒隥眞山

【出處】

中方鼎*02751-2：「隹（唯）王令南宮伐反虎方之年，王令中先省南或貫行
　　　　（？），扐王匠，在夒隥眞山……」〔圖八十四〕

【考證】

　　兩件中方鼎並屬安州六器之一，銘文內容與周王南征有關。〔註126〕鼎銘
「夒隥眞山」是周王令中設立行宮的地點，由於宋代以來各家著錄的摹本略有
差異，因此學者對於這四個字的斷讀歧異不少。

　　夒字，有幾種不同摹本的寫法，如薛氏《法帖》卷十作 🗚、🗚 二形，王
俅《嘯堂集古錄》則作 🗚、🗚 二形，〔註127〕並隸定作「射」，郭沫若以爲「夒」
字，《大系》（頁 18）云：「……僅《嘯堂集古錄》（宋刊本）第二器尚明晰，
字形作 🗚，上字與大盂鼎 🗚 字右旁相近，當即夒字」，李學勤則釋爲「夒」
〔註128〕。宋人釋爲射字，恐怕是不可從的，因爲字形相去太遠。比對幾種寫
法，郭氏之釋應是比較合理的。〔註129〕

　　🗚 字，從𡕥從虖，摹本大抵相近。上引薛氏、王俅及吳闓生《吉金文錄》
一·八等均釋爲「圖」。郭沫若《大系》（頁 18）、楊樹達《積微居金文說》（頁
128）等均釋爲「隥」，如郭氏云：「下字則《說文》墱字重文之隥，從𡕥乃繁文，
猶隱之作 🗚，隑之作 🗚 也。」可從。

　　眞字，別有 🗚 形，上舉薛氏、王俅、唐蘭《史徵》（頁 283）等並釋爲「眞」，
〔註130〕吳闓生釋爲「貞」，李學勤則釋「負」。釋貞非是，金文的貞字從鼎從卜，

〔註126〕參見第三章「曾」地條目下相關敘述。

〔註127〕王俅《嘯堂集古錄》（北京：中華書局，1985），頁 27。

〔註128〕李學勤〈盤龍城與商朝的南土〉，《新出青銅器研究》，頁 15。

〔註129〕黃錫全也主張釋爲夒字，見《湖北出土商周文字輯證》（武昌：武漢大學出版社，1992），
　　　　頁 23。

〔註130〕中華書局所出版的《嘯堂集古錄》第三件周南宮中鼎的釋文作「其」（頁十一），參校

兩種摹本寫顯然與貞字不類。釋負也有疑問，竊疑學者可能是根據⊟形，然而細察該形，貝字似乎是上下倒寫，因為貝字一般作⊟形，如果將整個字形倒過來，那不僅貝字寫法無誤，字形也與另一寫法一致，從匕從貝，釋為眞字應是較為可信的。小篆眞字作𩠐，已經訛變，許慎釋形為「從匕目乚，丌，所已乘載之」，查金文的眞字有一形作「🔯」（眞盤），從匕從貝從丌，可能與小篆字源有關，此外眞字並有從鼎者，金文的鼎、貝二字有因形近而互作之例，如鼏字，秦公簋作「🔯」，國差𦉜則從貝作「🔯」，所以釋為「眞」恐怕是較為合理。〔註131〕由於中方鼎只見傳世摹本，字形經過傳寫不免失眞，對於不是十分明確的形體，僅能擇其合理者而從之，不敢說必是定論。

　　經過上文的討論，此四字暫且隸定為「夒陣眞山」。不過四字的斷讀也有異說，如郭沫若《大系》在釋文中加注標點符號為「夒陣眞山」，並未解說，郭氏的標點有兩種可能，一是以為「夒陣、眞山」二地，則夒陣與眞山的地望不一定有必然的關係；一是「夒陣的眞山」，那麼「眞山」應是在「夒陣」之內或附近。李學勤斷為「夒陣，眞山」，不過李氏只判讀夒（李釋夒）為地名，並釋眞山為負山，以為負山乃是背山而居的意思；或以「夒陣眞山」為一地，如楊樹達、唐蘭等。首先，關於李氏對「負山」的解釋，在西周文獻中，似乎還找不到可以為之佐證者，再加上釋為負字恐不適宜，因此該說成立的可能性恐怕不大的。至於鼎銘所載為周王設行宮的地點究竟是二地還是一地，實不能遽定，僅綜合前賢所述，提出一些可能性：主二地者，以「夒陣」、「眞山」為二，地望不可考；主一地者，則「夒陣眞山」有可能是山名，則四字要視為「專名（夒陣眞）＋通名（山）」的結構，這種四個字組合而成的地名句式在西周實屬罕見。〔註132〕主張是一地者，除了將四字視為整體的地名之外，還有其他

第二件，其字當是眞字之訛。

〔註131〕唐蘭有〈釋眞〉（《唐蘭先生金文論集》，頁31～33），對於眞字有詳細的論述，可參看。

〔註132〕主張山名者，如馬承源《銘文選》107號云：「夒陣眞山，山名，近南國，以征南國的路線而言，當在今伏牛山一帶。」先秦文獻所見的山名，有專名加通名（山）、僅稱專名兩種形式，以專名加通名者為例，如〈禹貢〉多半是在通名前加上一至二字的專名，如岍山、岐山、朱圉山、終南山等，未見三字專名者。《山海經》雖然有類例，如「鏖鏊鉅山」（第十六大荒西經，原文作「大荒之中，有山，名曰鏖鏊鉅」）等，甚至還有四至五字的專名例，如「錞于毋逢山」（第三北山經，原文作「錞于毋逢之山」，

的可能，如黃錫全即斷讀爲「嬰地的陣眞山」，那麼當然也有可能是「嬰陣的眞山」，亦即「陣眞山」或「眞山」是設行宮的實際所在，而嬰（或嬰陣）是用以指涉所在地域的限制詞。

在上述如此多種的可能性中，黃錫全結合文字與地域的合理性，作了以下的考證：

> 嬰古與憂通。……因此，鼎銘「嬰」即「憂」，亦即鄾。鄾爲古地名，在今湖北襄樊市西北。《左傳》桓公九年：「楚子使道朔將巴客以聘於鄧，鄧南鄙鄾人攻而奪之幣。……夏，楚使鬭廉帥師及巴師圍鄾。」據石泉先生考證，今襄樊市西北之鄧城即古鄧國遺址，鄾乃其南部邊邑。因此，「陣眞山」就是鄾地的一座山。其大致範圍，就在漢水北與鄧城遺址之間。〔註133〕

雖然此四字的斷讀無法十分確定，但是黃氏的看法仍是可備一說的。

〔2〕于方〔註134〕

【出處】

師旂鼎 02809：「唯三月丁卯，師旂眾僕不從王征于方雷使氒（厥）友引以告于白懋父。」〔圖六十五〕

【考證】

師旂鼎是一件傳世器，或以「于方」爲方國名，或以「方」爲地名，或以

之字爲介詞，不計入專名之數），但是從該書的神話性質與成書時代來考量，是否能忠實地反映西周時期的山名現象，恐怕是有待商榷的。至於西周金文所見的山名，如南山（啓卣）、寒山（大克鼎）等句式，與西周文獻毋寧是一致的。

〔註133〕黃錫全《湖北出土商周文字輯證》，頁24。

〔註134〕特別說明一點，細審師旂鼎拓片，學者釋爲方字的字形作「才」，與金文方字或以方字爲偏旁的寫法小有差別，一般方字的寫法，其橫筆兩端或不加小豎筆作「才」，或在橫筆兩端加兩小豎筆作「才」，而鼎銘的方字則是在橫筆右端多一小點畫，與西周金文常見的方字略爲不類。不過，甲骨文有方字作「才」、「才」（見《甲編》3913）之形，因此鼎銘的「才」釋爲方字應是可從。

「方雷」爲國名（或地名），主要關鍵在於「師旂眾僕不從王征于方雷使厥友引以告于白懋父」之語，有不同的斷讀，從而影響了地名的判定，茲述如下。

主張斷句爲「師旂眾僕不從王征于方，雷使厥友引以告于白懋父」者，如郭沫若（《大系》頁 26）、陳夢家（〈斷代（二）〉18 器），不過二者看法略有差異。郭氏以爲周王征伐的對象是「于方」，即卜辭的「盂方」，是位於河南睢縣附近的古國。〔註135〕陳氏則以爲周王所征伐的是「方」，于字不作實詞解，又呂行壺是記白懋父北征，〔註136〕與師旂鼎爲一時之作，故鼎銘的「方」爲北方地名。〔註137〕此外，周法高先生與郭氏斷讀大體相同，唯周先生主張「雷」字應讀爲「歸」，釋爲歸來之義。〔註138〕主張斷句爲「師旂眾僕不從王征于方雷，使厥友引以告于白懋父」者，如容庚（《商周彝器通考》頁 294）、楊樹達（《積微居金文說》頁 183）、唐蘭（《史徵》頁 315）、黃盛璋等，〔註139〕唐氏以爲周王征伐的對象是古方雷國，即《國語・晉語》與《漢書・古今人表》的方雷氏，是傳說中黃帝的四妃之一，唐氏考證其故地在今河北省南邊。〔註140〕

〔註135〕文獻有邘國，或作于，陳槃先生認爲卜辭的盂方即文王所伐之于，武王滅之，成王時封武王子於邘，其地望在河南沁陽，詳見《譔異》，頁 669。果如此說，那麼郭氏將鼎銘訂爲成王器，其間的矛盾不言自明，拙文不敢強爲解人，姑存疑之。

〔註136〕呂行壺：「唯四月，伯懋父北征，唯還。」

〔註137〕陳夢家在〈斷代（五）〉列「58，師旂鼎」一條下並未詳考鼎銘，只云「參看郭沫若釋文」；而在〈斷代（二）〉「18，御正衛殷」條下說明鼎銘的方是北方地名，並舉〈六月〉、〈出車〉鄭箋爲證。所以，雖然陳氏斷句與郭氏同，但顯然二者對「王征于方」有不同的看法。附帶說明一點，從幾件與伯懋父有關的銘文可知，除了呂行壺略記「北征」之外，更有詳載伯懋父「征東夷」的銘文（小臣謎簋），因此呂行壺與鼎銘未必一時之作。

〔註138〕周法高先生《金文零釋・師旂鼎考釋》，頁 40～43。

〔註139〕黃盛璋〈岐山新出儷匜若干問題探考〉，《歷史地理與考古論叢》（濟南：齊魯書社，1982），頁 375。

〔註140〕唐蘭在〈論周昭王時代的青銅器銘刻〉（《古文字研究》第二輯，頁 40～41）一文認爲，鼎銘的方雷是地名，古方雷氏所居地，在今河北省高邑縣一帶。後來，《史徵》（頁 314～316）又改時代爲穆王器，並改稱方雷爲國名，重考其地望，認爲《續漢書・郡國志》的「薄落（津）」即古代的方雷，大概在今河北省新河縣西、寧晉縣東附近。

　　上列說法要考量一個基本前題，就是「師旅眾僕不從王征于方雷使厥友引以告于白懋父」究竟如何斷句。鼎銘是西周金文鮮見的軍事判辭，因為師旅的手下不跟隨周王出征，因此告到伯懋父處，判以刑罰，最後師旅並將判辭鑄於彝銘上。如果從郭、陳的斷句，即是由第三者——雷，派遣他的僚友引將此事告訴伯懋父，在伯懋父下令處置方式之後，師旅便將判詞鑄在鼎上；若依唐氏等人斷句，則派遣引告於伯懋父的便是師旅本人，但是這種讀法問題在於，目前為止所見的西周金文及相關文獻中，以「征」、「伐」作為動詞的句例，幾乎沒有在征伐對象之前繫上「于」字的，上列陳夢家的讀法也一樣面臨這個問題，這一點周法高先生已經指出（同上文）。而周法高先生的斷讀，在語法上的比較行得通的，只是尚有一點疑問，若將「雷」字讀為「歸」，則在西周金文及文獻找不到類例。上述幾種斷句的差異，也關乎西周軍事訴訟制度，〔註141〕由於師旅鼎是傳世器，缺乏其他有力的相關資料，加上諸家對銘文的斷代紛歧，〔註142〕也無法針對銘文中提到周王出征的事宜，作進一步的文獻比對。所以拙文以為，此條銘文的釋讀應先存疑。

〔註141〕觀察其他幾件與訴訟相關的銘文，如曶鼎、鬲攸比鼎，作器者請人代理提出告訴（如曶鼎），或親自提出告訴（如鬲攸比鼎），勝訴後並將判決內容扼要記於彝銘上。按理說，師旅眾僕不聽令，上告長官處置者應該就是師旅本人，師旅是原告，引是代理師旅提出告訴的僚友，伯懋父是審理告訴者，被告當然就是不服命的眾僕；主張此說者，除了前引黃盛璋之外，裘錫圭也同意黃氏的斷讀，見裘錫圭〈說僕庸〉，《古代文史研究新探》（江蘇古籍出版社，1992），頁376～377。也有學者根據第一種斷句，主張鼎銘的雷與引是原告，師旅與眾僕是被告，並因此認為鼎銘的判例是「以公訴形式提起的訴訟」，詳馮卓慧、胡留元〈西周軍法判例——《師旅鼎》述評〉，《人文雜志》1986年5期。不過，據文獻記載，周代大夫以上可以不必親自參與訟事，《周禮・小司寇》：「凡命夫命婦，不躬坐獄訟。」鄭注：「為治獄吏褻尊者也。躬，身也。不身坐者，必使其屬若子弟也。〈喪服〉傳曰：命夫者，其男子之為大夫者；命婦者，其婦人之為大夫之妻者。」又《左傳》有類例可徵，如襄公十年記載王叔陳生與伯輿爭政，「晉侯使士匄平王室，王叔與伯輿訟焉。王叔之宰與伯輿之大夫瑕禽坐獄於王庭，士匄聽之。」如此看來，師旅派遣其僚友上告於伯懋父，是有文獻根據的。而胡、卓所謂的公訴制度，在西周金文裏並沒有明確可信的類例，然而我們也不能因否定此說，僅能暫時存疑。

〔註142〕如郭沫若以為成王器；陳夢家以為成王後半期或康王時期；唐蘭先訂為昭王器，後來又改屬穆王器；容庚則歸為西周前期，沒有特別說明王屬。

〔3〕角津（角、津）

【出處】

噩侯馭方鼎 02810：「王南征，伐角遹，唯還自征，在矴，噩侯馭方內壺于王……。」〔圖四十一〕

翏生盨04459-04461：「王征南淮尸（夷），伐角津，伐桐遹，翏生從，執訊折首，孚戎器，孚金，作旅盨。」〔圖八十五〕

【考證】

早年討論噩侯馭方鼎時，學者或以「角遹」爲一地（或一國），如郭沫若《大系》（頁 107）云：「角遹未詳，疑即群舒之屬」。周法高先生從郭說，並進一步認爲：「『角遹』疑即『舒蓼』」。〔註 143〕《三代吉金文存》卷十頁四十四收錄了一件銘文：翏生盨，可能是因爲拓片不清楚的緣故，因此早期學者多忽視了這件相關銘文。《集成》收錄了三件翏生盨，上述《三代吉金文存》所收者現藏於旅順博物館（《集成》04460）；一件收藏於上海博物館，著錄於《銘文選》417 號（《集成》04459，）；一件藏於鎮江市博物館（《集成》04461），著錄未見。

茲先臚列翏生盨銘文內容於下：

王征南淮夷，伐角津、伐桐遹。翏生從，執訊折首，孚戎器，孚金。用作旅盨，用對剌。翏生眾大娟其百男百女千孫，其邁（萬）年釁永寶用。

馬承源在《銘文選（三）》406 號注〔一〕下指出，盨銘與噩侯馭方鼎二銘所記的征伐對象一致，只是鼎銘將「角、津、桐、遹」省稱爲「角、遹」。盨銘云「王征南淮夷，伐角津伐桐遹」，與噩侯馭方鼎「王南征，伐角遹」的確十分相似，一樣是記載周王南征，「角」字又出現在征伐的對象中，很難讓人不將二器聯想在一起，但是「伐角遹」與「伐角津，伐桐遹」究竟應如何理解，卻不是容易的問題。

《銘文選（三）》406 號下云「角、津、桐、遹均爲淮夷的邦國」，又同書417 號下考證：

〔註143〕周法高〈釋訊〉，《金文零釋》（臺北：台聯國風出版社，1972），頁 126～127。

角　　疑即角城，《水經注・淮水》：「淮泗之會，即角城也。」《太
平寰宇記・河南道・淮陽郡宿遷縣》云：「角城在今縣東南一百一十
一里」。

溝　　即津字。《說文・水部》：「津，水渡也，从水書聲。」又云「古
文津从舟从淮」。此字與古文津字完全相同。津或即津湖旁的小國。
《水經注・淮水》：「穿樊梁湖北口，下注津湖逕渡」，故地在今寶應
縣南六十里。角津兩地在淮夷東側。

馬氏聯繫盨銘的「溝」字與《說文》津字古文「𦨶」，其說可從，二形差別只
在於：金文所从的舟字在下，《說文》古文的舟字在左旁，二字實爲一字。二器
的征伐對象都有「角」字，此其同者；「酈」、「遹」二字則略有區別，不過都有
共同的偏旁——「喬」，此或猶如邾國的邾字一樣，在金文裏也寫作𥂕，但取其
音「朱」而已。由此看來，馬氏主張角、津是淮水流域下游的兩個小國，不無
可能。不過，還有另一個可能性恐怕也不容忽視，翏生盨銘在「角津」、「桐遹」
二字之前不憚其煩地使用了兩次動詞「伐」字，似乎也意味著作器者是爲了標
明「角津」、「桐遹」各是周王欲征伐的一個地名（或國名）。〔註 144〕再者，若
果眞如馬氏所言，角、津是兩個小國，則國名不在拙文處理的地名範疇之內，
但是由於無法考其在西周晚期時是否已經封國，故拙文姑且將「角津（角、津）」
列一條目，放在第五章以俟考。

〔4〕桐遹（桐、遹、酈）

【出處】

噩侯馭方鼎 02810：「王南征，伐角、酈，唯還自征，在矿，噩侯馭方內壺
于王……。」〔圖四十一〕

翏生盨04459-04461：「王征南淮尸（夷），伐角津，伐桐遹，翏生從，執訊折
首，孚戎器，孚金，作旅盨。」〔圖八十五〕

〔註144〕依馬氏所考，馬氏認爲角、津是淮夷東側的小國，而桐、遹則在淮夷西側，銘文連
　　　　續使用兩個「伐」字動詞，自然也有可能是爲了區別四地兩兩分布在不同的東、西
　　　　兩側。

【考證】

「![字]」，見於噩侯馭方鼎，其左旁从矞應是無疑，即遹字所从的矞旁；右旁所从的側視人形，或釋人、尸等（參《金文詁林附錄》，頁 2085-2088），核其拓片，可能是从卩，故隸定爲「劑」。「![字]」，見於翏生盨，其字从遹从臼彐，《金文編》收在 0229 遹字頭下，從《說文》繡字籀文又作「![字]」來看，釋爲遹應是可從。

二器所見的「劑」、「遹」二字都出現在周王南征的對象裏，又並从矞字，故馬承源《銘文選（三）》417 號認爲二字並指一地，是極有可能的。關於噩侯馭方鼎及翏生盨的相關問題，請參見本章「角津（角、津）」條目下。

馬承源在《銘文選（三）》417 號下考證「桐」及「遹（劑）」的地望云：

> 桐　　地名。《左傳·定公二年》「桐叛楚」，杜預《注》：「桐，小國，盧江舒縣西南有桐鄉。」故地在今安徽桐城縣北。

> ![字]　　即遹字的繁寫，《說文·系部》繡字籀文作![字]可證。遹地不詳，與桐相近的地名有聿婁，在淮水上游。聿遹古音通。桐、遹兩地當在淮夷西側。鄂侯馭方鼎銘「王南征，伐角、劑」，即本銘的角、津和桐遹。

拙文在「角津（角、津）」條目下已經提到，將馬承源「角津、桐遹」視爲四個小國名，自然可能成立，但是也不好排除「角津」、「桐遹」各是一個地名（或國名）的可能，故與「角津」一樣，各列一目，放在第五章以備考。

〔5〕冀

【出處】

作冊矢令設04300-04301：「公尹伯丁父兄（貺）于戌，戌冀嗣气。」〔圖八十六〕

【考證】

設銘「公尹……嗣气」一段，有學者認爲銘文中的「冀」是地名，但是由於歷來釋讀該段內容歧異甚大，進而影響了地名的判定。諸家異說大抵如下：

一、釋讀爲「公尹伯丁父兄（貺）于戍，戍冀嗣三」者：如吳闓生《吉
　　金文錄》三・五、于省吾《雙劍誃吉金文選》上三・四、容庚《商周
　　彝器通考》頁 343〔註145〕、陳夢家〈斷代（二）〉15 器，吳氏以爲冀
　　乃戍所之邑名，其餘則不見解釋。

二、釋讀爲「公尹伯丁父兄（貺）于戍，戍冀嗣，气（訖）」者：如郭沫
　　若《大系》（頁 4）〔註146〕、洪家義《金文選注釋》頁 123，郭氏以
　　爲冀字猶「小心翼翼」之翼字，有敬義，洪氏釋同。不過二者略有差
　　異，郭氏早年以爲「戍」字指專名地名，後來在《大系》只釋爲泛稱
　　戍守地，〔註147〕而洪氏似承郭氏舊說，以戍爲地名。

三、釋讀爲「公尹伯丁父兄（貺）于戍，戍冀，嗣气」者：此讀又可分
　　爲二，一如唐蘭《史徵》（頁 273）讀爲「嗣饎」，一如馬承源《銘文
　　選（三）》94 號讀爲「嗣訖」，唐、馬二氏均以冀爲戍所地名，主要
　　差異在「嗣气」二字的解釋。

　諸家句讀各異，解釋更是不盡相同，區區十數字，差異若此！目前可以
確定兩點：一是，第一類釋讀的「三」字當改釋「气」字，從銘文可以明顯
看出「气」字中間豎劃較短，郭沫若早期本來釋爲「三」，後來又改釋「气」，
顯然是注意到三筆長短不同的緣故，故隸定爲「气」是可從的；二是，「公
尹……气」一段，至少可斷爲「公尹伯丁父兄（貺）于戍，戍冀嗣乞」二句，
至於次句的確定釋讀以及此段與上下文的意涵，誠如郭沫若所言「此銘中
段，語甚奇譎」，〔註148〕拙文不敢強爲解人，姑存目以俟考。

〔註145〕容氏在此書隸釋爲「公尹伯丁父肙于戍」，後來四訂《金文編》改釋肙字爲兄字，假
　　　　爲貺。

〔註146〕郭沫若對作冊矢令簋銘的考釋數易其說，如郭氏〈矢令簋考釋〉（收入郭著《中國古代
　　　　社會研究》附錄）一文，本來認爲銘文的「戍」可以解作戍地，也可解作地名，後來
　　　　《大系》又別有他釋，此當以後出的《大系》爲準。

〔註147〕同上注。

〔註148〕郭沫若〈令彝令毁與其它諸器之綜合研究〉，《殷周青銅器銘文研究》（北京：人民出版
　　　　社，1954），頁 46。

〔6〕戍

【出處】

作冊矢令殷04300-04301：「公尹伯丁父兄（貺）于戍，戍冀飼气。」〔圖八十六〕

【考證】

　　簋銘「戍」字，郭沫若早年以爲地名，後來在《大系》又揚棄此說，僅釋以泛稱的戍守地，而近人洪家義《金文選注繹》仍以爲戍字實指地名。由於此段銘文釋讀糾葛難解，不能遽定是非，因學者有此說法，故列目以備考，詳見上文「冀」字條目下。

第三節　地名之確認待商者

〔1〕量

【出處】

　　大克鼎 02836：「易（錫）女（汝）井人奔于量」〔圖十三〕

　　揚殷04294-04295：「王若曰：揚，作飼工，官司量田甸，眔飼应眔飼尹眔飼寇眔飼工事。」〔圖八十七〕

【考證】

　　量，柯昌濟《韡華閣集古錄跋尾》丙一三、于省吾《雙劍誃吉金文選》下二・十六、陳夢家〈斷代（六）〉97 器等均釋爲量，陳夢家謂「量田猶令鼎之諆田，乃王之藉田；司量田之甸即《周禮》『甸師掌帥其屬而耕耨王藉』」，依陳氏之說，則量可釋爲地名。而馬承源則以爲量爲國名，馬氏《銘文選（三）》153號「量侯戝簋」下釋云：

　　　量即量之初文，國名。克鼎銘「易女井人奔于量」，此即量侯之國。

　　　克鼎銘中所錫諸地均在甘肅東部至涇水流域一帶，則量國地望也應

　　　在這一帶。

文獻未見量國的記載，克鼎的量地是否即量侯簋的量國，恐怕有待商榷。況

且，馬氏認為克鼎的賞賜地均在甘肅東部至涇水流域一帶，可能是根據鼎銘的「陣原」地望而得到的結論，他認為克鼎的陣原地望「應近郇邑，是公劉遷豳的前一地區」（《銘文選（三）》297 號），陣原的地望在甘肅東部，與古量國或量地未必有絕對的關係。此外，裘錫圭先生在《古文字論集》（頁 402）曾提到：「從鼎銘看，井人本身也被周王賜給克服『奔于量』的勞役（『量』疑當讀為『糧』，是『糧田』的簡稱，詳另文），……」，裘先生認為大克鼎及揚簋的「量」字均應讀為「糧」，而非專有地名。裘先生後來有專文討論西周糧田制度，文中即主張揚簋的「量田」應讀為「糧田」，是與藉田不同的另一種公田，而大克鼎的「量」也讀為糧。〔註 149〕

　　大克鼎與揚簋的銘文，各有一些問題存在。先說大克鼎，裘先生在〈西周糧田考〉（頁 1）已經指出，大克鼎的「量」字從早從東，早字乃依形隸定，未必是早晨之早；核鼎銘拓片，在日形之下、東字豎筆上端的確有一筆明顯的小橫劃，不知是否有何意義，字形與量字十分近似，前賢隸定為量是有所根據。此「量」字在鼎銘中的意義，若依上述裘先生的論點來看，還可加上一點說明，鼎銘「易女井人奔于量」一句，上引裘先生之文有一段解釋：「井人本身也被周王賜給克服『奔于量』的勞役」，如果量字釋為糧田，那麼「奔于」二字該如何理解，從裘先生的文意來看，似是以「奔」字為服勞役的動作，這一點在裘先生的大作中並沒有進一步的論述。美蘭案：在西周金文中，「奔」字屢見，如敔簋敔率有嗣師氏奔追禦戎于臧林」、晉侯穌鐘「王至，淖淖忿忿；夷出奔」（本句斷讀請參見下文「淖忿」條目下），這兩個文例用的是奔字的本義，奔字從夭從三止，《說文》云「走也」，其本義正是疾行；另外還有一類「奔走」的文例，如大盂鼎「享奔走」、𤔲簋「克奔走上帝」、麥盉「用奔走凤夕」、守宮盤「其百世子子孫孫永寶用奔走」、效卣（尊銘同）「效不敢不萬年凤夜奔走，揚公休」、麥尊「享奔走令」等，這類「奔走」之奔，是從疾行的本義引申而出，有積極努力效命之意。從意義上來看，用本義解釋鼎銘的奔字，於理不合；〔註 150〕而用其引申義──奔走效力來解釋銘文，

〔註 149〕見裘先生〈西周糧田考〉，1993 年西安周秦文化學術討論會論文。由於該會論文集至今未見出版，蒙裘先生惠賜大作，特記於此，以誌謝忱。

〔註 150〕張世超等人編纂的《金文形義通解》1857 號奔字頭下，引用了大克鼎這段銘文，其釋

· 273 ·

則可以通讀。〔註 151〕若衡諸鼎銘的文例,「易女井人奔于量」與「易女田于
坴」、「易女田于牌」、「易女田于康」等例類似,這些「于＋地名」都是用來
補充說明賞賜地的所在,尤其以「易女井寅鄶田于歔」最為接近,「井寅鄶田」
是用來說明周王賞賜克,在歔地原本有井族派人住在本屬鄶族之田,而如今
這些田都要賞給克,〔註152〕相同地,若「奔」字釋為奔走義,「井人奔于量」
也可能是指周王賞賜克在量地努力效命奔走的井人,「奔」字解釋為奔走,似
乎也無礙於將量字釋為地名。因此,將大克鼎的「量」字釋為地名的可能性,
應該還是存在的。

再說揚簋的「量」字,裘先生認為毀銘的「量」字上半是「早」、「米」
的複合形,但是我們細核《集成》04294、04295 兩件拓片,其字形一作「量」
（04294）、一作「量」（04295）,都與量字寫法有出入,早年學者考釋揚簋,
都逕隸定為「量」（見本條第一段引）,恐怕是有問題的。雖然該字隸定尚不
能定,不過從揚簋的文例看來,周王命揚「官辭量田甸」,西金文也有在田字
前加上國名或地名作為定語的文例,如宁鼎:「唯王九月既望乙巳,趞中令
宁虢嗣奠田」、五祀衛鼎:「乎逆彊眔厲田,乎東彊眔散田,乎南彊眔散田……」、
散氏盤:「履井邑田」等,顯然將揚簋的「量田」釋為某地之田也是可行的。

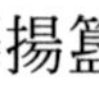

總上所述,裘先生認為大克鼎、揚簋二器的「量」字皆應讀為糧,釋為糧
田,然而經過上文的討論,拙文以為舊說釋為地名（或國名）者,也有成立的
理由,故將這兩條銘文合併放在第五章討論。

〔2〕秌

【出處】

麥尊 06015:「王令辟井侯出坅,侯于井,于若二月,侯見事于宗周。」

〔圖七十八〕

鼎銘的奔字為「急走」、「奔逃」義,周王賞賜克急走或奔逃于量的井人,無論量是地
名或糧田,都說不通,故不可從。

〔註151〕筆者後來請教裘先生對大克鼎銘「奔于量」的看法,裘先生認為「奔」即奔走之意,
與上述討論的「奔」字引申義同。

〔註152〕參裘錫圭先生《古文字論集》,頁 399。

【考證】

麥尊記載井（邢）侯初封，侯到宗周覲見周王，並受到相當豐厚的賞賜。矾字右旁从不，左旁不識，學者多謂矾爲地名，與噩侯馭方鼎的「矾」、競卣的「𤲶」爲一地（參第四章「矾」地條目下），此純以音理推之雖未必不可行，但可能需要更有力的證據才是。唐蘭《史徵》（頁250）則認爲麥尊的「出」字不作動詞解，「出矾」二字乃是井侯之名，整句話譯爲「王命我的君主邢侯出矾，在邢國做諸侯」，從文意來看，也不見齟齬之處。地名、人名二說姑且並存。

〔3〕邊柳

【出處】

散氏盤 10176：「用矢戣（撲）散邑，迺即散用田。履：自瀗涉以南至于大油，一弄（封），以陟、二弄（封），至于邊柳。……」〔圖十〕

【考證】

邊柳，王國維以爲地名，無考；〔註153〕張筱衡以〈清一統志〉所記「斜谷河上流名桃川」之「桃川」比附，謂桃、柳二字韻近可通；〔註154〕楊樹達《積微居金文說》（頁33）認爲「邊柳」只是以行經之處有柳樹識之，又因爲柳樹不專爲一地所有，故約之以「邊」字，楊氏並未說明此「邊」字如何理解，它可能指「邊」這個地名，也可能是泛指邊界的意思。

從「至于邊柳」的文例來看，學者將「邊柳」釋爲地名並無大礙，因爲「至于」二字往往是指到達一個地方；而結合楊氏的解釋，對於散氏盤及佣生簋來說頗爲合理，因爲盤、簋銘均在履勘定界時都出現了類似地名加上木名的詞句（參第二章「敕鹹」條目下引楊氏原文），這恐怕不好視爲巧合，孔疏云「界上有封界，故舉以言之」十分符合銘文的內容，因此楊樹達對「邊柳」的解釋可能是比較合理的。盤銘的「邊柳」除了作爲田界標識之外，我們不能排除時人也將它視爲具有實用性地名的可能性，故姑且將「邊柳」列爲其他地名，以供參考。

〔註153〕王國維〈散氏盤考釋〉，頁2004。

〔註154〕張筱衡〈散盤考釋〉，《人文雜志》1958年4期，頁84。

〔4〕剛

【出處】

散氏盤 10176：「弄（封）剆桝、陕陵、**剛**桝，弄（封）于罪道，弄（封）于原道，弄（封）于周道……」〔圖十〕

「還，以西一弄（封），陟**剛**，三弄（封），降，以南弄（封）于同道，陟州**剛**，登桝，降桅，二弄（封）。」

【考證】

剛字在盤銘中出現三次：「剛桝」、「陟剛」、「陟州剛」。高鴻縉《散盤考釋》認爲盤銘三見之「桝」，畢指桝山，所以「剛桝」乃謂桝山之岡，若依高說，則銘文宜作「桝剛」，此說恐不可從。于省吾則以爲乃由於山崗上崖岸植有樹木，故名爲剛桝。〔註155〕曲英杰〈散盤圖說〉（頁 329）以爲乃指剛地的桝林，「陟州剛」是登上州與剛，剛地在濡水之北，而州是剛地北部之一小高地。于、曲二氏均以爲桝字當與植木有關，所不同在於：于氏以爲剛應是指山崗，屬地理通名，而曲氏謂「剛地」，乃是以地名專名視之。衡諸前後文，似乎以于氏之說爲勝，姑從于說。不過曲氏的地名說也並非完全不可能成立，故將「剛」列一條目，置於本章以待考。

〔5〕桝

【出處】

散氏盤 10176：「弄（封）剆桝、陕陵、**剛**桝，弄（封）于罪道，弄（封）于原道，封于周道……」〔圖十〕

「還，以西一弄（封），陟**剛**，三弄（封），降，以南弄（封）于同道，陟

〔註155〕于省吾對於桝字別有見解：「又散盤桝字凡三見，均系劃封田界之事。其一爲『陟州剛，登桝』。剛即岡，俗作崗。桝即岸，指崖岸言之，以其封界多樹木，故从木作桝。這是說，上升州崗，又登于崗上懸崖之岸」，見于省吾〈讀金文札記五則〉，頁 101。又盤銘有「登于厂🐚」，《說文》厂篆云：「厂，山石之厓巖人可居，象形。……庠，籀文从干」，高鴻縉《散盤考釋》云「厂即庠、即岸。乃一字之累加」，應是可信的。

州剛，登桿，降棫，二弄（封）。」

【考證】

　　桿，王國維〈散氏盤考釋〉以為桿乃地名；高鴻縉《散盤考釋》謂桿為山名；于省吾〈讀金文札記五則〉（頁 101）謂此桿當讀為岸，以岸植桿木，故名之「登桿」即「登上崗上懸之岸」的意思；曲英杰〈散盤圖說〉則主張桿乃桿木之義。從銘文「陟州剛（岡），登桿」推知，「桿」應在「州剛（岡）」之上，再參酌下文「降棫」來看，「登桿」可能以于氏所釋比較合理，指的是登上州剛（岡）上面種有樹木的山岸。

〔6〕棫

【出處】

散氏盤 10176：「還，以西一弄（封），陟剛，三弄（封），降，以南弄（封）于同道，陟州剛，登桿，降棫，二弄（封）。」〔圖十〕

【考證】

　　高鴻縉《散盤考釋》謂棫為山名，故可「降」。參酌「桿」條目下所述，拙文以為，「棫」可能與于省吾所釋的「桿」義相仿（參上文「桿」條目下），是指州剛（岡）上面種棫木的地方，但是否得以視為地名專名，則有待商榷，故列目於本章以俟考。

〔7〕𧽼

【出處】

遹盂 10321：「隹（唯）正月初吉，君才（在）𧽼即宮。命遹事于述土𨻷諆。」
〔圖八十八〕

【考證】

　　遹盂在西元 1967 年出土於陝西省長安縣灃西公社新旺村，伴隨出土的另有一件銅匜，不知可有銘文。陝西省博物館〈陝西長安灃西出土的遹盂〉一文（以

下幾條與𨘉盂有關的地名，均簡稱〈𨘉盂〉）對𨘉盂有初步的考釋，〔註 156〕認爲盂銘的內容是記「周王內宮之事」。〔註 157〕盂銘有數字辨識不易，對於理解文意略有影響，暫時參考出土報告之說。

「君在𩁹即宮」，〈𨘉盂〉以爲就是君（即下文之「天君」）在「𩁹即宮」的意思，該文並以爲𩁹是地名，左从邕、右从木，是「雝」字的異體，讀作「雍」，也就是雍地的即宮（即宮當是宮名，如康宮、華宮之類）；馬承源《銘文選（三）》195 號則斷讀爲「君才𩁹，即宮」，馬氏未說明文意，不過從其斷句可知，馬氏當是解釋爲君在𩁹地，並到（即）𩁹地之宮命令𨘉行事。二者斷讀雖然有別，不過並以𩁹字爲地名，𩁹字，〈𨘉盂〉謂左从邕，應是不錯，但是左旁恐怕不是从木，由於右旁字形不確定，暫且依形隸定，地望亦待考。

〔8〕述土〔註 158〕

【出處】

𨘉盂 10321：「隹（唯）正月初吉，君才（在）𩁹即宮。命𨘉事于述土隱諆各似右，……」〔圖八十八〕

【考證】

「命𨘉事于述土……」一句，學者釋讀有別，陝西省博物館〈𨘉盂〉一文釋云：

「述土隱諆」，「述」即「遂」，述遂同在脂部，……。「遂土」，地

〔註 156〕陝西省博物館〈陝西長安灃西出土的𨘉盂〉，《考古》1977 年 1 期，頁 71～72。

〔註 157〕〈𨘉盂〉解釋銘文大意如下：「此盂銘文記周王內宮之事。天君指太后，姒后指王后，太后命內小臣𨘉至郊遂隱、諆二地，引來爲王后服役的宮人、宮婢，太后見之，容貌美麗，於是命𨘉使之梳洗粧扮」，由於銘文釋讀不確定，無法判斷上述的文意是否可從，暫列於此，以供參考。

〔註 158〕「述土」之述，《金文編》收在 0234 號遂字頭下，出土報告釋爲「述」是正確的。此字又見於盂鼎、小臣謎簋、中山王譽壺等器，丁佛言在《說文古籀補補》（見藝文印書館出版《說文古籀補》合印本）已提出舊釋盂鼎的遂字，當釋爲述。述與遂音近可通，但字形有別，不得逕釋爲遂，述字源流可參見董蓮池《金文編校補》〔42〕條，頁 43～33。

名，「遂」即郊外，遂土連稱，如猶召卣之畢土，太保設之余土、
亳鼎之杞土。……「命逋事（使）于遂土隮諆」，「使于」下必有地
名，故「隮諆」似爲二地名。「諆」爲地名見令鼎「王大耤農于諆
田」，「王歸自諆田」，其地距濂宮不遠，爲王行籍田之地。「遂土」，
《尚書・費誓》：「魯人三郊三遂」，《史記》作「隧」，《集解》：「王
肅曰：邑外曰郊，郊外曰遂」。《周禮・遂人》鄭注：「六遂之地，
自遠郊以達畿中，有公邑，家邑，小都，大都焉。鄭司農云：遂
謂王國百里外。」「遂土隮諆」，當即周王畿中兩個地名。

若「述土」釋爲「遂土」，也就是周室郊外之土，則「述土」似乎不宜視爲地
名，只是泛稱一個區域而已，文中云「隮諆似爲二地」，那麼依該文文意，「隮」、
「諆」就是位於「述土」範疇內的兩個地名。馬承源《銘文選（三）》195 號
則斷爲「命逋事于述土」，「隮諆」屬下讀，並以「隮」爲人名，「諆」通「其」
字，與〈逋盂〉之意截然不同。〈逋盂〉已經提到，召卣、太保簋、亳鼎等器
也有「某土」例，因此若依馬氏的釋讀，將「述土」釋爲地名，即君命逋所
事之地，也未嘗不可，故存其目。

〔9〕隮

【出處】

逋盂 10321：「隹（唯）正月初吉，君才（在）蓊即宮。命逋事于述土隮諆各
似右，……」〔圖八十八〕

【考證】

陝西省博物館〈逋盂〉一文，以爲「隮」可能是位於周王畿中的都邑名。（參
「述土」條目下）

〔10〕諆

【出處】

逋盂 10321：「隹（唯）正月初吉，君才（在）蓊即宮。命逋事于述土隮諆各

似右，……」〔圖八十八〕

【考證】

陝西省博物館〈遹盂〉一文，以爲「諆」可能是位於周王畿中的都邑名。（參「迷土」條目下）

〔11〕淖列（淖、列）

【出處】

晉侯穌編鐘：「王至，淖淖列列，夷出奔，王令晉侯穌達（率）大室小、車僕從，逋逐之。晉侯折首百又一十，執訊廿夫；大室小臣、車僕折首百又五十，執訊六十夫。」〔圖五十四〕

【考證】

「淖列」二字，首次見於西周金文，學者對其前後文的斷讀頗有歧異，一主「淖淖列列」乃描寫夷人出奔時的憂懼貌，如馬承源〔註159〕；一主「淖列」爲地名，如李學勤；〔註160〕黃錫全在李氏釋讀的基礎上，更進一步推論，「淖列」應釋爲「淖」與「列」兩個地名。〔註161〕衡諸鐘銘，上列兩種說法似乎都尚有可議之處，拙文以爲，「淖淖列列」可能讀爲「淖淖烈烈」，意爲形容周王之師到達𩰫隥時，軍容浩蕩威武貌。試略述如下。

首先看馬氏的釋讀，馬氏云：

淖淖列列夷出奔　無比恐懼的夷人逃奔而去。《廣雅・釋訓》：「淖

〔註159〕馬承源〈晉侯穌編鐘〉，《上海博物館集刊》第七集，頁 15。

〔註160〕李氏在文中並未直接指出淖列就是地名，不過從行文中可知，李氏謂「鐘銘中地名，除宗周、成周外，共有六個，其中一個字迹不清，尚不能辨識」，所謂六個地名，除了一個無法辨識的地名之外，李氏明文提到的有焵夷、𩰫隥、蓽，再加上藿地，並參考李氏對銘文的釋讀：「王至淖列，列夷出奔」，知李氏應該是以淖列爲地名；見李學勤〈晉侯蘇編鐘的時、地、人〉，《中國文物報》1996 年 12 月 1 日。黃錫全在文中也已提到，李氏以淖列爲地名，見黃錫全〈晉侯蘇編鐘幾處地名試探〉，《江漢考古》1997 年 4 期。

〔註161〕同上。

淖，眾也。」列列讀爲烈烈，又同書：「烮烮，憂也」，此指恐懼憂傷

之甚。兩詞皆形容夷人奔逃。〔註162〕

馬氏並語譯爲：

　　由於厲王到達戰地，所有的夷人都極爲恐懼，就全部逃跑了。於是王命令

晉侯穌統率大室小臣和車僕率領的兵車，去追擊逃亡的敵人。〔註163〕

　　馬氏斷讀爲「淖淖列列夷出奔」，並引《廣雅・釋訓》「列列」讀爲「烮」，

釋爲「憂也」，〔註164〕「淖淖」釋爲「眾也」，雖可徵於文獻，但是將「眾也」、

「憂也」解釋爲「極爲恐懼（或恐懼憂傷之甚）」，不知恐懼之意從何而來，

似有增字解經之虞，有待商榷。李、黃二氏認爲「淖列」爲地名，不過並未

說明釋爲地名的理由，若單從語法來看，的確可能成立，因爲鐘銘記載周王

到達某處，或曰「王至于夐」、「王至于鬵蠡」，或曰「王至晉侯穌皀」，因此李

氏斷讀爲「王至淖列」，並釋爲地名，在語法上並無牴牾之處，我們試著循此

說來檢驗鐘銘：依李說，周王此番率皀東征，可能至少征伐了三個地方——夙

夷、鬵蠡、淖列，從字面上來看，這三次記載方式有些雷同，都是先由周王下

令，然後由晉侯穌率皀進擊，最後並記錄戰功。爲了便於參考比較，茲依此三

役在鐘銘出現的前後順序，分爲「王令（即周王下令）」、「率皀（即晉侯穌率皀）」、

「戰功」三項，列出相關銘文：

	王　　令	率　　皀	戰　　功
伐夙夷	王親令晉侯穌：率乃皀左洀 薆、右洀□，伐夙夷。	（參前欄「王令」內容）	折首百又廿，執訊廿又三夫。
伐鬵蠡	王至于鬵蠡，王親遠省皀。 王至晉侯穌皀，王降自車， 立，南鄉（嚮），親命晉侯 穌：皀西北隅（敦）伐鬵蠡。	晉侯率厥亞旅、小子、或人先陷入。	折首百，執訊十又一夫。

〔註162〕馬承源〈晉侯穌編鐘〉，頁15。

〔註163〕同上，頁16。

〔註164〕典出《詩・小雅・采薇》「憂心烈烈」，王念孫《廣雅疏證》卷六上（頁515）云：「『憂
　　　　心烈烈』，烈與烮同，各本烮烮誤作烈烈，《集韻》、《類篇》並引《廣雅》『烮，憂也』，
　　　　今據以訂正」；又同書卷六上（頁524）：「〈小雅・南有嘉魚篇〉『烝然罩罩』……。謹
　　　　案：罩罩汕汕，群游之貌，故又訓爲眾。……淖淖與罩罩同，……淖淖與濊濊之訓爲
　　　　眾，蓋亦本三家也。」

伐淖列	王至淖列,淖列夷出奔。王令晉侯穌率大室小臣、車僕從,逋逐之。	(參前欄「王令」內容)	晉侯折首百又一十,執訊廿夫;大室小臣、車僕折首百又五十,執訊六十夫。

　　表面上,上列三則征伐事件的記載方式的確很相近,然而細繹文意,其中有一個關鍵值得注意:周王「親遠省晉侯穌自」,並命其率厥亞旅、小子、或人自西北隅「先陷入」伐鄆戯。從鐘銘「先陷入」三字可知,此番行動乃由晉侯穌先行,而周王並未同行,因此要特別以「先」字交代,如此說來,下文的「王至」解釋為周王隨後也來到鄆戯,顯然是比釋為周王一行又到達另一個地方(淖列)來得文從理順,而且前有「先陷入」,後有「夷出奔」,這一「出」一「入」之處正是指鄆戯無疑。因此,拙文以為李氏將「淖列」釋為地名的可能性較小。

　　那麼,此段銘文究竟如何釋讀,拙文以為可以斷讀為「王至,淖淖列列,夷出奔。王令晉侯穌率大室小臣、車僕從,逋逐之」,如馬氏所引,「淖淖」釋為「眾也」,而「列列」則可讀為「烈烈」,《詩・小雅・黍苗》:「肅肅謝功,召伯營之;烈烈征師,召伯成之」,鄭《箋》:「烈烈,威武貌」,鐘銘前後文可理解為,周王命晉侯穌先率自攻入鄆戯,周王隨後再率自前來,而「淖淖列列」正是指周王親自率自到達鄆戯時,一行人浩蕩威武的樣子,在前有晉侯穌的「先陷入」,後有周王率自「淖淖列列」而至,鄆戯的夷人因此而敗逃「出奔」,〔註165〕這個解釋應該是有成立的可能。

〔註165〕至於鐘銘「夷出奔」之夷,有一些可能:一是,鄆戯若是西周「鄆」國的城邑,而鄆國又如《集韻》所云為風姓、太昊之後,並位居東土的鄆國,那麼稱呼鄆戯之人為「夷人」是可以成立的(參陳槃先生《不見于春秋大事表之春秋方國稿》頁 192~193)。若鄆戯只是隸屬西周的一個城邑名,則此「夷」也有可能指夷人(也許是上文的鳳夷)佔領了鄆戯,故周王欲伐之。此外,也許還有其他可能性,拙文僅就所知略作推敲。

第六章　結　論

第一節　西周金文地名的地理分布

經過拙文初步統計，目前西周金文中所見的地名大約有一百五十個以上，
[註1] 這是包含自然山川、都城及一般地名，而不含諸侯方國名在內的數字。

西周金文中地名的地理分布現象，從所在地望可考、或可大致判斷區域所
在的地名看來：第二章「西方地名」部分，最北不過陝北的黑水（「玄水」），最
西不過甘肅天水（「西」），西北不過甘肅固原（「陣原」），這大約六十八個確定
位於西方的地名，主要分布於渭水流域，包含渭北的汧、涇、洛三水及渭南的
豐水一帶；第三章「東方地名」，其往東可至山東膠東半島沿海（「陒」），大約
有三十個左右；第四章「南方地名」，南到湖北漢水流域（「楚蘩」、「漢」），多
數都是分布在南陽盆地及淮水中上游，約有十四個左右。至於第五章「其他地
名」部分，主要是處理所在地域不明、地名釋讀未確、地名認定待商等三類。
西周金文所見的地名分布現象，大抵是西周政治、外交等關係的體現，囿於青
銅器銘文的特殊性質，能刻鑄在青銅器上的事類，主要還是針對賞賜、冊命、

[註1] 拙文第二章西方地名計六十八個，第三章東方地名計三十個，第四章南方地名計
十四個，第五章其他地名有三類，其中第一節所在區域不明但可確定爲地名者有
三十三個，第二節地名斷讀待商者計六個，第三節地名確定待考者計十一個，保
守估計總數在一百五十個上下。

爭戰、祭祀等大事，不比鉅細靡遺的殷墟卜辭，可以看到大量的相關地名。因此，西周金文所見的地名分布區域，似乎也顯得比較零散，不若殷商卜辭或戰國包山楚簡地名來得集中多了。

第二節　西周金文地名的構詞及相關現象

從西周金文所見的一百多個地名中，雖然數量與殷墟卜辭五百個以上的地名數不能相比，但也約略可以看出當時的地名所呈現的現象，本節主要從西周金文地名的構詞現象談起，而藉由地名構詞現象，往往也可看出這些地名的屬性，尤其是附有地名通名的部分，更有助於我們瞭解當時的自然地貌或政區規劃等而及特徵來探討歸納。

所謂「地名構詞」，《中國大百科全書‧地理學》「地名的構詞」條下云：

> 地名屬於專有名稱，為了區別個別不同的地理實體，通過構詞手段給予不同的詞形。……中國最早的漢語地名多為單音節詞，如商（商始祖契所居，今河南商丘）。以後出現了形聲字，多用形旁指類，如山（嵩）、水（渭）、邑（邘）分別表示山體、水體和城邑。後來，地名專名加地名通名成了地名構詞的一般模式。地名通名是表示地名所指地理實體類型的詞，地名專名是表示同類地理實體中某一個體的詞。〔註2〕

這段文字言簡意賅，說明了漢語地名的兩種主要構詞形式——專名、專名加通名，本段即在此基礎上，針對西周金文地名的構詞形式，分別說明如下：

一、專名地名

所謂的「專名地名」意謂以一個字指稱地名者，這類地名在西周金文是常見的，如「世」（多友鼎）、「署」（不嬰簋）、「旃」、「畺」、「蠆」、「彶」、「競」（鄗比盨）、「洛」（虢季子白盤）、「河」（同簋）、「淮」（駒父盨）等，不在少數。這類專名地名中，又可略分為兩種類型，一是以形旁指示其類者，如「洛」、「河」、「淮」以水旁標示其為水名；一是純粹的標示一個地方的地名，從字面上看不出其具有指示自然或人文類型地名的作用，這類地名可能只是具有標音記名的

〔註2〕中國大百科全書出版社編輯部編《中國地大百科全書‧地理學》，頁90。

功能，或者因爲去古懸遠，如今已經不可考了。

二、專名地名前後加指示方位的形容詞

　　這類是指在專名地名前後加上「上」、「下」、「東」、「西」、「南」、「北」等標示方位的形容詞，如「下減」（長由盉）、「上侯」（啓卣等）、「上洛」（敔簋）、「西俞」（不娶簋）、「東門」（格伯簋）、「南山」（啓卣）等。

三、專名地名加通名

　　這類是指在專名地名之後加上自然或人文地理通名，如山水川原等，在西周金文也不罕見，往往藉由這類地名的通名可以看出當時部分自然與人文的地理現象。在拙文第一章已經提到，地名的類型有許多種類，其中又可以自然地名及人文地名兩大類型含括。自然地名是以自然地理實景爲取名的對象，也就是所謂的地貌，如山川邊隰泉源澤藪等，人文地名則是以人類活動爲取意的地名，而西周金文地名自然也不外乎這兩大類，以下茲就西周金文中可以標示這兩類的地名通名，分別舉例說明，並試以文獻記載映證：

（一）自然地名

　　目前西周金文中，確定是自然地名的部分，可以反映當時所見的地貌，若以地名本身出現的自然實體爲例，主要有以下幾種：

山——如「寒山」（大克鼎）、「南山」（啓卣）、「楚燊（荊山）」（小臣夌鼎）。

陵——如「陕陵」（散氏盤）、「句陵」（三年𤼩壺）。

剛（岡）——如「州剛」（散氏盤）。

冢——如「楊冢」（多友鼎）。

原——如「陣原」（大克鼎）。

谷——如「怼谷」（敔簋，又啓卣有「山谷」一詞，可參看。）。

梓（岸）——如「剛梓」（散氏盤）。

遄（墳）——如「𢎉遄」（散氏盤）。

水（含「川」）——如「玄水」（同簋）、「淅/水」（啓尊）、「𢂖川」（啓卣）。

這些地理通名所呈現的地貌，都可以與文獻互相映證，如《爾雅》就有〈釋

山〉、〈釋水〉兩篇，〈釋山〉云「山脊、岡」、「山頂、冢」，〈釋水〉云「水注川曰谿，注谿曰谷」，〈釋地〉云「廣平曰原」、「大阜曰陵」，〈釋丘〉云「望厓洒而高，岸」，郭注「視厓峻而水深者曰岸」，而「墳」有高地之義，可見《方言》「冢，秦晉之間謂之墳」。〔註3〕

（二）人文地名

在人文地名方面，也有一些地理通名，如：

邑——如「新邑」（新邑鼎）。

𤳯（城）——如「敝𤳯」（散氏盤）、「勳𤳯」（晉侯穌鐘）。

還（縣）——如「鄭還」（免匡）、「豐還」（元年師旋簋）。

鄙——如「莽鄙」（楚簋）、「直鄙」（恆簋蓋）。

道——如「𣂁道」、「原道」、「周道」（散氏盤）。

先言邑，有關「邑」的內涵，最常為人引用的就是《左傳》莊公二十八年的一段話：「凡邑有宗廟先君之主曰都，無曰邑」，我們依此義觀察西周金文所見的「邑」名。在西周早期，成周又名新邑，成周有「宗廟先君之主」是毋庸置疑的，這應該就是所謂的「都邑」。至如其他的「邑」，如䯧比盨所見的十三個邑名，這十三個邑的性質，應該是猶如《釋名・釋州國》云「邑人聚會之稱也」，〔註4〕也就是聚落的意思，不過諸邑是否必定無「宗廟先君之主」，從銘文無法判斷。西周金文中「邑」的性質可能與卜辭的「邑」相近，陳夢家將卜辭所見的「邑」分為兩類：

> 卜辭中有許多「邑」，可分為兩類：一是王之都邑，一是國內族邦之邑。屬於王之都邑的有天邑商……、大邑商……、大邑……。國內邦族之邑，其記邑數者，有如下述：「弗其戈卌邑」……。卜辭邑有專名，除見以上諸辭外，其例如下：「勿乎取𡆥邑」……、「ナ其敦柳邑」……。〔註5〕

〔註3〕 此處徵引之《爾雅》、《方言》皆引上海古籍出版社出版的郝懿行《爾雅義疏》、王念孫《方言疏證》（二書並收入《爾雅・廣雅・方言・釋名　清疏四種合刊》一書中）。

〔註4〕 劉熙撰，王先謙譔集《釋名疏證補》卷二，收入上海古籍出版社出版《爾雅・廣雅・方言・釋名　清疏四種合刊》一書中。

〔註5〕 陳夢家《綜述》，頁322～323。

上述的「新邑」即都邑之類，至於鄗比霝諸邑應是一般邑名。次言「鹹（城）」，先秦文獻習見「某城」之名者，如「韓城」（《詩・大雅・韓奕》）、「彭城」（見於《左傳》成公十八年、襄公元年、襄公二十六年等）、「武城」（見於《左傳》僖公六年、文公八年、成公十六年等）、「新城」（見於《左傳》僖公四年、六年、成公十六年、襄公九年等）。不過目前西周金文地名裏只見「鄺鹹（鄆城）」及「敊鹹（城）」這兩個例子，其「城」之規模如何，已不可詳考。次言「還（縣）」，西周金文所見的「還（縣）」應是指「指王畿以內國都以外的地區或城邑四周的地區」，〔註6〕相當於《周禮》的縣鄙之制，〈遂人〉「以土地之圖經田野、造縣鄙，形體之灋，五家爲鄰，五鄰爲里，四里爲酇，五酇爲鄙，五鄙爲縣，五縣爲遂，皆有地域溝樹之」，此「縣」與後世的郡縣制取義有別。次言「啚（鄙）」，有關鄙的意義，陳夢家《綜述》歸納了三種用法：一是上述的縣鄙之制；一是都鄙，陳氏引《周禮・大司徒》注：「都鄙，王子弟公卿大夫采地，其界曰都，鄙、所居也」；一是邊邑，《左傳》莊公二十六年注：「鄙、邊邑也」。〔註7〕楚簋記載周王命楚管理「蒢鄙」事宜，「蒢」即西周金文習見的蒢京，或作蒢（參第二章「蒢京（蒢、旁）」條目下），其「鄙」可能與縣鄙之義相近，至於「直鄙」，則不敢妄測。次言「道」，散氏盤銘的「道」，應是指行道而言。

　　從以上的說明來看，西周金文地名扮演了承上啓下的角色，其實早在殷墟卜辭中的地名，已經具備了上面討論的一些金文所見的地名現象，到了西周金文仍承續類似的用法。東周以後，除了自然地名的特徵大抵變化不大之外，在人文地名部分，其實由於行政區劃日漸分工加細，因此自然是比西周金文所見的地名來得繁複多了。

第三節　西周金文地名研究的意義

　　西周金文地名研究是研究西周史的基礎之一，由於青銅器銘文所反應的往往是一些特殊的事類：如賞賜、冊命、爭戰、祭祀等，因此無法像卜辭一般，

〔註6〕　李家浩先秦文字中的「縣」有詳實的考證，參李氏〈先秦文字中的「縣」〉，《文史》第二十八輯。拙文第二章「奠（鄭）」條目下亦有説明。

〔註7〕　陳夢家《綜述》，頁323。

呈現大量的相關地名，再加上傳世可信的西周文獻不多，自然使得地名研究會遇到一些難以避免的瓶頸，其中當以地望考證為最。雖然如此，但是對西周金文地名作系統性研究，仍是相當需要的。

西周金文地名研究，主要可以從幾個方面看待它的意義：

一、與文獻互相發明，證明傳世文獻所記不假，這也就是王國維所提倡的「二重證據法」。以晉侯穌鐘出現的薄與鄆馘為例，前者即文獻的「范」，後者即「鄆城」，目前最早記載這兩個地名的時代都不晚於東周，而西周晚期晉侯穌鐘的出現，使范與鄆城存在的時代提早到西周晚期，足證西周金文地名研究的重要性。

二、補充史所闕如者，目前西周金文中的地名，可以與文獻印證者並不多，可以補充不少文獻所未錄的地名，這類地名在拙文第二至四章中，隨處可見，茲不俱舉。

三、從西周金文地名的探討及地域分布結果來看，有助於瞭解西周時期周王室國力的擴張、國都的變遷、及其與周邊國家的關係，並可進一步探索西周時期周王室領土所及的範圍。

四、從地名學的角度來看，藉由分析西周金文地名的構詞，能更進一步一探西周時期自然及人文地名的面貌（參見本章第二節）。

在整個西周金文地名研究的過程中，從地名的判定到地望的考證，莫不尚存在許多懸而未解的問題，這些都是亟待進一步研究的課題。青銅器銘文研究雖然起步甚早，但是對於西周金文地理的研究，仍是個待開發的園地。拙文所處理的西周金文地名部分，只是西周地理研究的一個小環節，必定要再結合西周諸侯方國的地域分布，才能架構出比較完整的西周地理面貌。

徵引書目 [註1]

1. 《公羊傳》（十三經注疏本），臺北：藝文印書館，1989。

2. 《史記》，北京中華書局點校。

3. 《左傳》（十三經注疏本），臺北：藝文印書館，1989。

4. 《周易》（十三經注疏本），臺北：藝文印書館，1989。

5. 《周禮》（十三經注疏本），臺北：藝文印書館，1989。

6. 《尚書》（十三經注疏本），臺北：藝文印書館，1989。

7. 《國語》，上海：上海古籍出版社，1988。

8. 《詩經》（十三經注疏本），臺北：藝文印書館，1989。

9. 《漢書》，北京中華書局點校本。

10. 《說文解字》（大徐本，北京中華書局據清同治十二年陳昌治刻本爲底，併兩葉爲一葉之縮印本），北京：中華書局，1990。

11. 《穀梁傳》（十三經注疏本），臺北：藝文印書館，1989。

12. 范宵集解、楊士勛疏：《穀梁傳注疏》，《十三經注疏本》，臺北：藝文印書館，1989。

13. 《禮記》（十三經注疏本），臺北：藝文印書館，1989。

14. 丁佛言《說文古籀補補》（收於線裝本《說文古籀補》中，該書實收錄吳大澂《說文古籀補》、丁佛言《說文古籀補補》、強運開《說文古籀三補》三書），臺北：藝文印書館，出版年不詳。

[註1] 徵引書目排列方式：習用之古籍則依書名首字筆劃排列，列於引用書目的最前面。其他部分則以作者姓名筆劃爲序排列，同一作者的著作，再依著作時代先後排列。拙文常用書籍簡稱對照表附在徵引書目之後。

15. 上海博物館商周青銅器銘文選編寫組《商周青銅器銘文選（一）、（二）》，北京：文物出版社，1986～1987。

16. 于省吾〈略論西周金文中的『六阜』和『八阜』及其屯田制〉，《考古》1964 年 3 期，頁 152～155。

17. 于省吾〈讀金文札記五則〉，《考古》1966 年 2 期，頁 100～104。

18. 于省吾《雙劍誃尚書新證》，臺北：崧高書社，1985

19. 于省吾《雙劍誃殷契駢枝三編》，臺北：藝文印書館，1975。

20. 于省吾《甲骨文字釋林》，北京：中華書局，1993。

21. 于豪亮〈陝西省扶風縣強家村出土虢季家族銅器銘文考釋〉，《古文字研究》第九輯（1984），頁 251～273。

22. 小川琢治著、汪馥泉翻譯〈散氏盤地名考〉，《學術》第四輯（1940），頁 47～63。

23. 山西省考古研究所、北京大學考古學系〈天馬──曲村遺址北趙晉侯墓地第四次發掘〉，《文物》1994 年 8 期，頁 4～21。

24. 中國大百科全書出版社編輯部編《中國地大百科全書·地理學》，北京：中國大百科全書出版社，1994。

25. 中國地圖出版社《中華人民共和國分省地圖集》，北京：中國地圖出版社，1995。

26. 中國社會科學院考古研究所編《甲骨文合集》，北京：中華書局，1977～1983。

27. 中國社會科學院考古研究所編《小屯南地甲骨》，北京：中華書局，1980～1983。

28. 中國社會科學院考古研究所編《殷周金文集成》，北京：中華書局，1984～1994。

29. 中國社會科學院考古研究所灃西發掘隊〈長安張家坡M183 西周洞室墓發掘簡報〉，《考古》1989 年 6 期，頁 524～529。

30. 中國科學院考古研究所發掘隊〈洛陽澗濱東周城址發掘報告〉，《考古學報》1959 年 2 期，頁 15～34。

31. 尹盛平〈金文昭王南征考略〉，《陝西歷史博物館館刊》第二輯（1995），頁 107～113。

32. 尹盛平〈試論金文中的「周」〉，《考古與文物叢刊》第三號（1983），頁 33～39。

33. 方述鑫〈《史密簋》銘文中的六師、族徒、遂人──兼論西周時代鄉遂制度與兵制關係〉，《四川大學學報》1998 年 1 期，頁 84～90。

34. 方濬益《綴遺齋彝器攷釋》，臺北：台聯國風出版社，1976。

35. 牛平漢《清代政區沿革綜表》，北京：中國地圖出版社，1990。

36. 牛汝辰《中國地名文化》，北京：中國華僑出版社，1993。

37. 王人聰〈楊姞壺銘釋讀與北趙63 號墓主問題〉，《文物》1996 年 5 期，頁 31～32。

38. 王人聰〈令彝銘文釋讀與王城問題〉，《文物》1997 年 6 期，頁 39～42。

39. 王玉哲〈西周蒡京地望的再探討〉，《歷史研究》1994 年 1 期，頁 46～57。

40. 王先謙《荀子集解》，臺北：藝文印書館，1988。

41. 王光堯〈從新出土之楊姞壺看楊國〉，《故宮博物院院刊》1995 年 2 期，頁 82～

85。

42. 王念孫《廣雅疏證》（收於《爾雅・廣雅・方言・釋名　清疏四種合刊》一書），上海：上海古籍出版社，1989。

43. 王俅《嘯堂集古錄》，北京：中華書局，1985。

44. 王昶《金石萃編》，北京：中國書店，1991。

45. 王恩田〈晉侯穌鐘與周宣王東征魯——兼說周、晉紀年〉，《中國文物報》1996 年 9 月 8 日。

46. 王恩田〈釋Ｂ（𠂤）、Ｃ（官）、Ｔ（師）〉，《于省吾教授百年誕辰紀念文集》（長春：吉林大學出版社，1996），頁 246～251。

47. 王國維〈散氏盤跋〉（《觀堂集林》卷十八），收入《海寧王靜安先生遺書（二）》（臺二版，臺北：臺灣商務印書館，1979），頁 875。

48. 王國維〈殷虛卜辭所見地名考〉（《觀堂別集》卷一），收入《海寧王靜安先生遺書（三）》，頁 1246～1247。

49. 王國維〈周時天子行幸征伐考〉（《觀堂別集》卷一），收入《海寧王靜安先生遺書（三）》，頁 1247～1248。

50. 王國維〈鄂侯馭方鼎跋〉（《觀堂別集》卷二），《海寧王靜安先生遺書（三）》，頁 1286～1287。

51. 王國維〈散氏盤考釋〉（《觀堂古金文考釋》），收入，《海寧王靜安先生遺書（五）》，頁 1999～2020。

52. 王國維〈不𡢁蓋銘考釋〉（《觀堂古金文考釋》），收入《海寧王靜安先生遺書（五）》，頁 2021～2039。

53. 王國維〈克鼎銘考釋〉（《觀堂古金文考釋》），收入《海寧王靜安先生遺書（五）》，頁 2049～2052。

54. 王暉〈周武王東都選址考辨〉，《中國史研究》1998 年 1 期，頁 14～24。

55. 王雷生〈由史密簋銘看姜姓萊、異族的東遷〉，《考古與文物》1997 年 6 期，頁 77～82。

56. 王輝〈郪昪鼎通讀及其相關問題〉，《考古與文物》1983 年 6 期，頁 64～68。

57. 王輝〈西周畿內地名小記〉，《考古與文物》1985 年 3 期，頁 26～31。

58. 王輝《秦銅器銘文編年集釋》，西安：三秦出版社，1990。

59. 王輝〈史密簋釋文考地〉，《人文雜志》1991 年 4 期，頁 99～103，98。

60. 王輝〈周初王孟考跋〉，《第三屆國際中國古文字學研討會論文集》（香港：香港中文大學中國文化研究所、中國語言及文學系，1997），頁 343～353。

61. 王應麟《詩地理攷》，收錄於《玉海》第七冊（江蘇古籍出版社、上海書店，1990）。

62. 史言〈眉縣楊家村大鼎〉，《文物》1972 年 7 期，頁 3～4。

63. 史念海〈歷史時期黃河流域的侵蝕與堆積（上篇）〉，《河山集（二集）》（北京：三聯書店，1981），頁 1～33。

64. 史念海〈周原的變遷〉,《河山集(二)》《河山集(二集)》(北京:三聯書店,1981),頁 214～231。

65. 史念海〈歷史時期黃河中游的森林〉,《河山集(二集)》(北京:三聯書店,1981),頁 232～313。

66. 史念海〈論兩周時期黃河流域的地理特徵〉,《河山集(二集)》(北京:三聯書店,1981),頁 314～355。

67. 田宜超〈盧白齋金文玫釋〉,《中華文史論叢》1980 年 4 期,頁 1～26。

68. 白川靜《甲骨金文學論叢・五集・金文索引——地名》,日本昭和三十二年九月(1957)。

69. 白川靜《金文通釋》,白鶴美術館誌,日本昭和三十七年(1962)~五十九年(1984)。

70. 石璋如〈傳說中周都的實地考察〉,《中央研究院歷史語言研究所集刊》第二十本下冊(1948),頁 91～122。

71. 伍仕謙〈微氏家族銅器群年代初探〉,《古文字研究》第五輯(1981),頁 97～138。

72. 伏元杰〈武王伐紂之彭國考〉,《成都大學學報》1996 年 1 期,頁 27～31、68。

73. 曲英杰〈散盤圖說〉,《西周史研究》(《人文雜志》叢刊第二輯,1984),頁 325～333。

74. 曲英杰〈周都成周考〉,《史學集刊》1990 年 1 期,頁 1～7。

75. 朱右曾《逸周書集訓校釋》,皇清經解續編本。

76. 朱芳圃《殷周文字釋叢》,北京:中華書局,1962。

77. 朱啓新〈不見文獻記載的史實——記上海博物館搶救回歸的晉國青銅器〉,中國文物報,1994 年 1 月 2 日。

78. 朱德熙〈長沙帛書考釋(五篇)〉,《朱德熙古文字論集》(北京:中華書局,1995),頁 203～210。

793 朱熹《詩經集註》,臺北:群玉堂出版事業有限公司,1991。

80. 何琳儀、黃錫全〈啓卣啓尊銘文考釋〉,《古文字研究》第九輯(1984),頁 373～389。

81. 何琳儀〈釋洀〉,中國古文字研究會第八次年會論文,1990。

82. 何琳儀〈尖足布幣考〉,《陝西金融・錢幣專輯》(十六),1991。收入何琳儀《古幣叢考》(臺北:文史哲出版社,1996),頁 115～132。

83. 余永梁〈金文地名考〉,《國立中山大學語言歷史研究所週刊》第五集第五十三、五十四期合刊(1928),頁 2017～2045。

84. 余培林先生《詩經正詁(下)》,臺北:三民書局,1995。

85. 吳大澂《憲齋集古錄》,天津:天津市古籍書店,1990。(採用《丁佛言手批憲齋集古錄》本)

86. 吳匡先生〈釋明公毁炻字〉,《大陸雜誌》第六十二卷第一期(1981),頁 1～8。

87. 吳匡先生、蔡哲茂先生〈釋金文「𠂤」「𩰀」「𩰋」「𢼬」等字　兼解《左傳》

的「讒鼎」〉，《中央研究院歷史語言研究所集刊》五十九本四分（1988），頁 927
～955。

88. 吳匡先生、蔡哲茂先生〈釋金文𢓊、多、囧、烺諸字〉，中國古文字研究會第八
次年會論文，1990。又見《張政烺先生八十壽慶論文集》（北京：中國社會科學
出版社，1996），頁 137～145。

89. 吳東發《商周文拾遺》，中國書店影印本，出版年不詳。中央研究院歷史語言研
究所傅斯年圖書館藏。

90. 吳厚炎《詩經草木匯考》，貴陽：貴州人民出版社，1992。

91. 吳振武〈釋戰國文字中的从「膚」和从「朕」之字〉，《古文字研究》第十九輯
（1992），頁 490～499。

92. 吳鎮烽、雒忠如〈陝西省扶風縣強家村出土的西周銅器〉，《文物》1975 年 8 期。

93. 吳鎮烽〈金文研究札記〉，《人文雜志》1981 年 2 期，頁 93～96。

94. 吳鎮烽《金文人名匯編》，北京：中華書局，1987。

95. 吳鎮烽〈史密簋銘文考釋〉，《考古與文物》1989 年 3 期，頁 55～60。

96. 吳闓生《吉金文錄》，香港：萬有圖書公司，1968。

97. 呂文郁《周代采邑制度研究》，臺北：文津出版社，1992。

98. 李民〈釋壽〉，《中原文物》1994 年 4 期，頁 44～46。

99. 李仲操〈也釋多友鼎銘文〉，《人文雜志》1982 年 6 期，頁 95～99。

100. 李仲操〈史密殷銘文補釋〉，《西北大學學報》1990 年 1 期，頁 118～121。

101. 李仲操〈再論史密簋所記作戰地點〉，《人文雜志》1992 年 2 期，頁 99～101。

102. 李仲操〈王作歸盂銘文簡釋〉，《考古與文物》1998 年 1 期，頁 82～83。

103. 李兆洛《歷代地理志韻編今釋》，揚州：江蘇廣陵古籍刻印社，1992。

104. 李吉甫《元和郡縣圖志》，北京：中華書局，1995。

105. 李伯謙〈晉侯蘇鐘的年代問題〉，《中國文物報》1997 年 3 月 9 日。

106. 李伯謙〈也談楊姞壺銘文的釋讀〉，《文物》1998 年 2 期，頁 31～34。

107. 李孝定、周法高、張日昇《金文詁林附錄》，香港：香港中文大學，1979。

108. 李孝定先生《金文詁林讀後記》，臺北：中央研究院歷史語言研究所，1992。

109. 李步青、王錫平〈建國來煙臺地區出土商周銘文青銅器概述〉，《古文字研究》第
十九輯（1992），頁 66～84。

110. 李家浩〈先秦文字中的「縣」〉，《文史》第二十八輯（1987），頁 49～58。

111. 李啟良〈陝西安康市出土西周史密簋〉，《文物》1989 年 3 期，頁 7～9。

112. 李傳永〈我國地名的起源和演變〉，《四川師範學報學報》1993 年 1 期，頁 101～
105。

113. 李零〈《史記》中所見秦早期都邑葬地〉，《文史》第二十輯（1983），頁 15～23。

114. 李零〈西周金文中的土地制度〉，《學人》第二輯（1992），頁 224～256。

115. 李學勤〈郿縣李家村銅器考〉,《文物參考資料》1957 年 7 期,頁 58～59。

116. 李學勤〈北京、遼寧出土青銅器與周初的燕〉,《考古》1975 年 5 期。收入李學勤《新出青銅器研究》(北京:文物出版社,1990),頁 46～53。

117. 李學勤〈盤龍城與商朝的南土〉,《文物》1976 年 2 期。收入《新出青銅器研究》,頁 12～17。

118. 李學勤〈曾國之謎〉,《光明日報》1978 年 10 月 4 日。收入《新出青銅器研究》,頁 146～150。

119. 李學勤〈秦國文物的新認識〉,《文物》1980 年 9 期。收入《新出青銅器研究》,頁 272～284。

120. 李學勤〈青銅器與周原遺址〉,《西北大學學報》1981 年 2 期。收入《新出青銅器研究》,頁 227～233。

121. 李學勤〈論多友鼎的時代及意義〉,《人文雜志》1981 年 6 期,頁 87～92。收入《新出青銅器研究》,頁 126～133。

122. 李學勤〈《中亞歐美澳紐所見所拓所摹金文彙編》選釋〉,《四川大學學報叢刊》第十輯《古文字研究論文集》(1982),頁 40～52。

123. 李學勤〈穆公簋蓋在青銅器分期上的意義〉,《文博》1984 年 2 期,頁 6～8。收入《新出青銅器研究》,頁 68～72。

124. 李學勤〈晉公蠤的幾個問題〉,《出土文獻研究》(北京:文物出版社,1985),頁 134～137。

125. 李學勤〈令方尊、方彝新釋〉,《古文字研究》第十六輯(1989),頁 218～226。

126. 李學勤〈多友鼎的『卒』字及其他〉,收入《新出青銅器研究》(北京:文物出版社,1990),頁 134～137。

127. 李學勤〈黿尊考釋〉,收入《新出青銅器研究》(北京:文物出版社,1990),頁 295～297。

128. 李學勤〈史密簋所記西周重要史實考〉,《中國社會科學院研究生院學報》1991 年 2 期,頁 5～9。

129. 李學勤〈晉侯邦父與楊姑〉,《中國文物報》1994 年 5 月 29 日。

130. 李學勤、艾蘭《歐洲所藏中國青銅器遺珠》,北京:文物出版社,1995。

131. 李學勤、艾蘭〈鮮簋的初步研究〉,原載《中國文物報》1990 年 2 月 22 日。修改後收入李學勤、艾蘭《歐洲所藏中國青銅器遺珠》(北京:文物出版社,1995),頁 419～422。

132. 李學勤〈晉侯蘇編鐘的時、地、人〉,《中國文物報》1996 年 12 月 1 日。

133. 李學勤〈靜方鼎考釋〉,《第三屆國際中國古文字學研討會論文集》(香港:香港中文大學中國文化研究所,中國語言及文學系,1997),頁 223～230。

134. 杜勇〈周初東都成周的營建〉,《中國歷史地理論叢》1997 年 4 輯,頁 41～61。

135. 杜預《春秋地名》,微波榭叢書。

136. 沈文倬〈「執駒」補釋〉,《考古》1961 年 6 期,頁 325～329。

137. 沈長雲〈由史密簋銘文論及西周時期的華夷之辨〉,《河北師院學報》1994 年 3 期,頁 23～28。

138. 沈培《殷墟甲骨卜辭語序研究》,臺北:文津出版社,1992。

139. 肖楠〈試論卜辭中的師和旅〉,《古文字研究》第六輯(1981),頁 123～132

140. 辛樹幟《禹貢新解》,北京:農業出版社,1964。

141. 阮元《積古齋鐘鼎彝器款識》,鮑氏後知不足齋校刊,光緒九年。

142. 周法高《金文詁林補》,臺北:中央研究院歷史語言研究所,1982。

143. 周法高《金文零釋》,臺北:台聯國風出版社,1972。

144. 周聰俊《饗禮考辨》,國立臺灣師範大學國文研究所博士論文,1988。

145. 周萼生〈郿縣周代銅器銘文初釋〉,《文物參考資料》1957 年 8 期,頁 52～53。

146. 季旭昇先生《詩經古義新證》,臺北:文史哲出版社,1995。

147. 尚志儒〈略論西周金文中的「夐夷」問題〉,《第二次西周史學術討論會論文集》(西安:陝西人民教育出版社,1993),頁 231～242。

148. 尚志儒〈鄭、棫林之故地及其源流探討〉,《古文字研究》第十三輯(1986),頁 438～450。

149. 尚志儒《秦物質文化史》,西安:三秦出版社,1994。

150. 屈萬里〈河字意義的演變〉,《中央研究院歷史語言研究所集刊》30 本上冊(1959),頁 143～155。

151. 屈萬里《殷墟文字甲編考釋》,臺北:中央研究院歷史語言研究所,1992。

152. 林澐〈新版《金文編》正文部分釋字商權〉,中國古文字學第八屆年會論文,1990。

153. 林澐〈關于中國早期國家形式的幾個問題〉,《吉林大學社會科學學報》1986 年 6 期,頁 1～12。

154. 武漢市文物商店〈西周衛尊〉,《江漢考古》1985 年 1 期,頁 103。

155. 河南省文物研究所、河南省丹江庫區考古發掘隊、淅川縣博物館《淅川下寺春秋楚墓》,北京:文物出版社,1991。

156. 金岳〈斐方鼎考釋──兼論殷周冀國〉,《考古學文化論集(四)》(北京:文物出版社,1997),頁 251～265。

157. 金國泰〈西周軍事銘文中的「追」字〉,《于省吾教授百年誕辰紀念文集》(長春:吉林大學出版社,1996),頁 109～113。

158. 姚孝遂〈古文字的符號化問題〉,《古文字學論集・初編》(香港:香港中文大學,1982),頁 99～100。

159. 姚孝遂編《殷墟甲骨刻辭類纂》,北京:中華書局,1989。

160. 施謝捷〈金文零釋〉,《于省吾教授百年誕辰紀念文集》(長春:吉林大學出版社,1996),頁 137～142。

161. 段玉裁《汲本閣說文訂》,收入《段玉裁遺書》,大化書局,1977。

162. 洪家義《金文選注繹》,江蘇教育出版社,1988,。

163. 胡謙盈〈豐鎬地區諸水道的踏察──兼論周都豐鎬位置〉,《考古》1963 年 4 期,頁 188～197。

164. 唐復年〈師旂簋新釋〉,《考古與文物》叢刊第二輯《古文字論集》(1983),頁 30～35。

165. 唐蘭〈同𣪘地理考〉,《禹貢》半月刊第三卷第十二期(1935),頁 578～580。

166. 唐蘭〈作冊令尊及作冊令彝銘文考釋〉,《國立北京大學國學季刊》四卷一期,1934。收入《唐蘭先生金文論集》(北京:紫禁城出版社,1995),頁 6～14。

167. 唐蘭〈葊京新考〉,《史學論叢》一期,1934。收入《唐蘭先生金文論集》,頁 379～380。

168. 唐蘭〈釋眞〉,《考古社刊》第五期,1936。收入《唐蘭先生金文論集》,頁 31～33。

169. 唐蘭〈周王龏鐘考〉,《故宮博物院年刊》1936 年 7 月。收入《唐蘭先生金文論集》,頁 34～42。

170. 唐蘭〈西周銅器斷代中的「康宮」問題〉,《考古學報》1962 年 1 期,頁 15～48。收入《唐蘭先生金文論集》,頁 115～167。

171. 唐蘭〈永盂銘文解釋〉,《文物》1972 年 1 期,頁 58～62。收入《唐蘭先生金文論集》,頁 168～174。

172. 唐蘭〈用青銅器銘文來研究西周史──附錄 伯𢧐三器銘文的譯文和考釋〉,《文物》1976 年 6 期。收入《唐蘭先生金文論集》,頁 494～508。

173. 唐蘭〈略論西周微史家族窖藏銅器群的重要意義──陝西扶風新出墙盤銘文解釋〉,《文物》1978 年 3 期。收入《唐蘭先生金文論集》,頁 209～223。

174. 唐蘭〈「蔑曆」新詁〉,《文物》1979 年 5 期。收入《唐蘭先生金文論集》,頁 224～235。

175. 唐蘭〈論周昭王時代的青銅器銘刻〉,《古文字研究》第二輯(1981),頁 12～141。

176. 唐蘭遺稿〈關于大克鐘〉,《出土文獻研究》(北京:文物出版社,1985)頁 121～125。收入《唐蘭先生金文論集》,頁 334～339。

177. 唐蘭《西周青銅器銘文分代史徵》,北京:中華書局,1986。

178. 孫海波〈周金地名小記〉,《禹貢》第七卷第六七合期(1937),頁 109～124。

179. 孫海波〈釋自〉,《禹貢》第七卷第一二三合期(1937),頁 49～53。

180. 孫詒讓著,樓學禮校點《契文舉例》,濟南:齊魯書社,1993。

181. 孫詒讓《古籀拾遺、古籀餘論》,北京:中華書局,1989。

182. 孫慶偉〈試楊國與楊姞〉,《考古與文物》1997 年 5 期,頁 63～65。

183. 容庚《金文編》,北京:中華書局,1985。

184. 徐中舒《亘氏編鐘圖錄附考釋》,北平:中央研究院歷史語言研究所,1933。

185. 徐中舒〈䢅敦考釋〉,《中央研究院歷史語言研究所集刊》第三本二分(1931),頁 279～293。

186. 徐中舒〈禹鼎的年代及其相關問題〉,《考古學報》1959 年 3 期,頁 53〜65。

187. 徐中舒《甲骨文字典》,成都:四川辭書出版社,1988。

188. 徐中舒《先秦史論稿》,成都:巴蜀書社,1992。

189. 徐堅等《初學記》,北京:中華書局,1980。

190. 徐錫臺〈論周都鎬京的位置〉,《陝西師範大學學報》1982 年 3 期,頁 98〜102。

191. 徐錫臺《周原甲骨文綜述》,西安:三秦出版社,1987。

192. 徐錫臺、李自智〈太保玉戈銘補釋〉,《考古與文物》1993 年 3 期,頁 73〜75。

193. 徐鍇《說文解字繫傳》(清道光年間祁寯藻據顧千里藏影宋鈔刻),北京:中華書局,1987。

194. 袁珂《山海經校注・西山經》,臺北:里仁書局,1982。

195. 郝懿行《爾雅義疏》(收於《爾雅・廣雅・方言・釋名　清疏四種合刊》一書),上海:上海古籍出版社,1989。

196. 陝西周原考古隊〈陝西扶風莊白一號西周青銅器窖藏發掘簡報〉,《文物》1978 年 3 期,頁 1〜18。

197. 陝西省文物管理委員會〈西周鎬京附近部分墓葬發掘簡報〉,《文物》1986 年 1 期,頁 1〜31。

198. 陝西省博物館〈陝西長安灃西出土的譴盂〉,《考古》1977 年 1 期,頁 71〜72。

199. 馬承源編《商周青銅器銘文選 (三)、(四)》,北京:文物出版社,1988〜1990

200. 馬承源〈新獲西周青銅器研究二則〉,《上海博物館集刊》第六集 (上海:上海古籍出版社,1992),頁 150〜154。

201. 馬承源〈晉侯𩵋盨〉,《第二屆國際中國古文字學研討會論文集》(香港:香港中文大學中國語言及文學系,1993),頁 221〜229。

202. 馬承源〈晉侯穌編鐘〉,《上海博物館集刊》第七集(上海:上海書畫出版社,1996),頁 1〜17。

203. 馬非百《秦集史》,臺北:弘文館出版社,1986。

204. 馬瑞辰《毛詩傳箋通釋》,臺北:廣文書局,1980。

205. 高士奇《春秋地名考略》,臺北:臺灣商務印書館景印文淵閣四庫全書第一七六冊。

206. 高鴻縉《散盤集釋》,臺北:臺灣省立師範大學,1957。

207. 張世超、孫凌安、金國泰、馬如森編《金文形義通解》,京都:中文出版社,1996。

208. 張世超〈金文考釋二則〉,《于省吾教授百年誕辰紀念文集》(長春:吉林大學出版社,1996),頁 129〜133。

209. 張永山〈史密簋銘與周史研究〉,《盡心集:張政烺先生八十壽慶論文集》(北京:中國社會科學出版社,1996),頁 187〜201。

210. 張光裕〈新見保員𣪘銘試釋〉,《考古》1991 年 7 期,頁 649〜652。

211. 張亞初〈周厲王所作祭器䵼簋考〉,《古文字研究》第五輯 (1981),頁 151〜168。

212. 張亞初、劉雨《西周金文官制研究》，北京：中華書局，1986。

213. 張長壽〈論井叔銅器——1983～1986 年灃西發掘資料之二〉，《文物》1990 年 7 期，頁 32～35。

214. 張政烺〈何尊銘文解釋補遺〉，《文物》1976 年 1 期，頁 66。

215. 張政烺〈周屬王胡簋釋文〉，《古文字研究》第三輯（1980），頁 104～119。

216. 張崇寧〈從楊姞壺試探楊國的問題〉，《中國文物報》1996 年 10 月 13 日。

217. 張筱衡〈『井伯盉』考釋〉，《人文雜誌》1957 年 1 期，頁 24～29。

218. 張筱衡〈散盤考釋（上）〉，《人文雜志》1958 年 4 期，頁 81～98。

219. 張聞玉〈《晉侯蘇鐘》之我見〉，《貴州大學學報》1997 年 3 期，頁 89～95。

220. 張懋鎔〈鎬京新考〉，《中華文史論叢》1981 年 4 期，頁 209～212。

221. 張懋鎔〈史密簋發現始末〉，《文物天地》1989 年 5 期，頁 47～48。

222. 張懋鎔、趙榮、鄒東濤〈安康出土的史密簋及其意義〉，《文物》1989 年 7 期，頁 64～71，42。

223. 張懋鎔〈史密簋與西周鄉遂制度——附論「周禮在齊」〉，《文物》1991 年 1 期，頁 26～31。

224. 強運開《說文古籀三補》（收於線裝本《說文古籀補》中，該書實收錄吳大澂《說文古籀補》、丁佛言《說文古籀補補》、強運開《說文古籀三補》三書），臺北：藝文印書館，出版年不詳。

225. 曹定雲〈《尚書·牧誓》所載盧、彭地望考〉，《中原文物》1995 年 1 期，頁 23～33，15。

226. 郭沫若《甲骨文字研究》（初版），中央研究院歷史語言研究所藏線裝書，1919 年。

227. 郭沫若《金文叢攷》，東京：文求堂書店，日本昭和七年（1932）。

228. 郭沫若〈矢令簋考釋〉，《中國古代社會研究》附錄（上海：群益出版社，1947），頁 324～333。

229. 郭沫若〈令彝令毀與其它諸器之綜合研究〉，《殷周青銅器銘文研究》（北京：人民出版社，1954），頁 33～71。

230. 郭沫若〈雜說林鐘、句鑃、鉦、鐸〉，《殷周青銅器銘文研究》（北京：人民出版社，1954），頁 72～86。

231. 郭沫若《兩周金文辭大系攷釋（增訂本）》，出版處不詳，1957。

232. 郭沫若〈盠器銘考釋〉，《考古學報》1957 年 2 期，頁 1～6。

233. 郭沫若〈安陽圓坑墓中鼎銘考釋〉，《考古學報》1960 年 1 期，頁 1～3。

234. 郭沫若〈關于眉縣大鼎銘辭考釋〉，《文物》1972 年 7 期，頁 2。

235. 郭沫若《卜辭通纂》，北京：科學出版社，1983。

236. 郭錫良〈介詞「于」的起源和發展〉，《中國語文》1997 年 2 期，頁 131～138。

237. 陳公柔〈西周金文中的新邑、成周與王城〉，《慶祝蘇秉琦考古五十五年論文集》（北京：文物出版社，1989），頁 386～397。

238. 陳世輝〈禹鼎釋文斠〉,《人文雜志》1959 年 2 期,頁 70～72,88。

239. 陳永正〈釋𠚁〉,《古文字研究》第四輯(1980),頁 259～262。

240. 陳全方,尚志儒〈史密簋銘文的幾個問題〉,《考古與文物》1993 年 3 期,頁 78～85。

241. 陳邦懷〈盉作𦉢尊跋〉,《人文雜誌》1957 年 4 期,頁 70～71。

242. 陳邦懷〈金文叢考三則〉,《文物》1964 年 2 期,頁 48～50。

243. 陳邦懷〈永盂考略〉,《文物》1972 年 11 期,頁 57～59。

244. 陳邦懷《嗣樸齋金文跋》,香港:香港中文大學中國文化研究所、吳多泰中國語文研究中心,1993。

245. 陳佩芬〈上海博物館新收集的西周青銅器〉,《文物》1981 年 9 期,頁 30～36。

246. 陳秉新〈金文考釋四則〉,東莞:「紀念容庚先生百年誕辰暨第十屆中國古文字學學術研討會」論文,1994。

247. 陳新雄《古音學發微》,臺北:文史哲出版社,1983。

248. 陳振裕、梁柱〈試論曾國與曾楚關係〉,《考古與文物》1985 年 6 期,頁 85～96。

249. 陳振裕、劉信芳《睡虎地秦簡文字編》,武漢:湖北人民出版社,1993。

250. 陳高志〈晉國器物𣅂鼎銘文小識〉,臺灣大學中國文學研究所《中國文學研究》第九期(1995),頁 25～40。

251. 陳連慶〈敔殷銘文淺釋〉,《古文字研究》第九輯(1983),頁 305～320。

252. 陳復澄、王輝〈幾件銅器銘文中反映的西周中葉的土地交易〉,《遼海文物學刊》1986 年 2 期,頁 77～85。

253. 陳新雄先生《訓詁學(上)》增訂版,臺北:臺灣學生書局,1996。

254. 陳煒湛〈甲骨文異字同形例〉,《古文字研究》第六輯(1981),頁 227～250。

255. 陳夢家〈西周銅器斷代(一)〉,《考古學報》第九冊(1955),頁 137～175。

256. 陳夢家〈西周銅器斷代(二)〉,《考古學報》第十冊(1955),頁 69～142。

257. 陳夢家〈西周銅器斷代(三)〉,《考古學報》1956 年 1 期,頁 65～114。

258. 陳夢家〈西周銅器斷代(四)〉,《考古學報》1956 年 2 期,頁 85～94。

259. 陳夢家〈西周銅器斷代(五)〉,《考古學報》1956 年 3 期,頁 105～127。

260. 陳夢家〈西周銅器斷代(六)〉,《考古學報》1956 年 4 期,頁 85～122。

261. 陳夢家〈隹夷考〉,《禹貢》第五卷第十期,1936,頁 13～18。

262. 陳夢家《殷虛卜辭綜述》,北京:中華書局,1992。

263. 陳槃先生《不見于春秋大事表之春秋方國稿》,臺北:中央研究院歷史語言研究所,1982。

264. 陳槃先生《春秋大事表列國爵姓及存滅表譔異》,臺北:中央研究院歷史語言研究所,1988。

265. 陳漢平《金文編訂補》,北京:中國社會科學出版社,1993。

266. 陳懷荃〈東陵考釋〉,《楚文化研究論集》第一集(荊楚書社,1987),頁 268～280。

267. 喀左縣文化館、朝陽地區博物館、遼寧省博物館北洞文物發掘小組〈遼寧喀左縣北洞村出土的殷周青銅器〉,《考古》1974 年 6 期,頁 364～372。

268. 彭曦、許俊成〈穆公簋蓋銘文簡釋〉,《考古與文物》1981 年 4 期。收入陝西歷史博物館編《周文化論集》(西安:三秦出版社,1993),頁 289～290。

269. 湯餘惠〈略論戰國文字形體研究中的幾個問題〉,《古文字研究》第十五輯(1986),頁 9～100。

270. 湯餘惠〈洍字別議〉,東莞:「紀念容庚先生百年誕辰暨第十屆中國古文字學學術研討會」論文,1994。

271. 程發軔《春秋左氏傳地名圖考》,臺北:廣文書局,1969。

272. 華林甫〈論先秦時期我國地名學的特點〉,《湖北大學學報》1996 年 4 期,頁 104～110。

273. 馮時〈晉侯穌鐘與西周曆法〉,《考古學報》1997 年 4 期,頁 407～442。

274. 黃偉嘉〈甲金文中「在、于、自、從」四字介詞用法的發展變化及其相互關係〉,《陝西師大學報》1987 年 1 期,頁 66～75。

275. 黃盛璋〈周都豐鎬與金文中的莽京〉,《歷史研究》1956 年 10 期,頁 63～81。收入黃盛璋《歷史地理論集》(北京:人民出版社,1982),頁 57～87。

276. 黃盛璋〈岐山新出儠匜若干問題探考〉,《文物》1976 年 6 期。收入黃盛璋《歷史地理與考古論叢》(濟南:齊魯書社,1982),頁 366～380。

277. 黃盛璋〈西周微家族窖藏銅器群初步研究〉,《社會科學戰線》1978 年 3 期。收入《歷史地理與考古論叢》,頁 278～308。

278. 黃盛璋〈關于金文中的「莽京(莽)、嵩、丰、邦」問題辨正〉,《中華文史論叢》1981 年 4 期,頁 183～198。

279. 黃盛璋〈多友鼎的歷史與地理問題〉,《古文字論集(一)》(《考古與文物叢刊》第二號,1983),頁 12～20。

280. 黃盛璋〈長安鎬京地區西周墓新出銅器群初探〉,《文物》1986 年 1 期,頁 37～43。

281. 黃德寬〈釋金文𡨄字〉,東莞:紀念容庚先生百年延辰暨中國古文字學國際學術論文,1994。

282. 黃錫全〈古文字考釋數則〉,《古文字研究》第十七輯(1989),頁 291～303。

283. 黃錫全《汗簡注釋》,武漢大學出版社,1990。

284. 黃錫全〈晉侯蘇編鐘幾處地名試探〉,《江漢考古》1997 年 4 期,頁 64～66。

285. 菏澤市文化館、菏澤地區文展館、山東省博物館〈殷代長銘銅器宰甫卣的再發現〉,《文物》1986 年 4 期,頁 8～9,11

286. 楊升南〈說「周行」「周道」——西周時期的交通初探〉,《人文雜志》叢刊第二輯《西周史研究》(1984),頁 51～66。

287. 楊向奎〈釋「執駒」〉,《歷史研究》1957 年 10 期,頁 95～97。

288. 楊亞長〈青銅器銘文所見西周時期的對外戰爭〉,《文博》1993 年 6 期,頁 21～28。

289. 楊寬〈論西周金文中「六𠂤」、「八𠂤」和鄉遂制度的關係〉,《考古》1964 年 8 期,頁 414～419。

290. 楊寬〈我國古代大學的特點及其起源〉,《古史新探》(北京:中華書局,1965),頁 197～217。

291. 楊寬〈籍禮新探〉,《古史新探》(北京:中華書局,1965),頁 218～233。

292. 楊樹達:《積微居金文說》,北京:科學出版社,1959。

293. 楊樹達《積微居甲文說》,臺北:大通書局,1974。

294. 葉萬松、余扶危〈關於西周洛邑城址的探索〉,《西周史研究》(《人文雜志》叢刊第二輯,1984),頁 317～324。

295. 董增齡《國語正義》,成都:巴蜀書社,1985。

296. 董蓮池《金文編校補》,長春:東北師範大學,1995。

297. 裘錫圭先生〈「錫朕文考臣自厥工」〉,《考古》1963 年 5 期。收入裘錫圭先生《古文字論集》(北京:中華書局,1992),頁 393。

298. 裘錫圭先生〈史墻盤銘解釋〉,《文物》1978 年 3 期。收入《古文字論集》(北京:中華書局,1992),頁 371～385。

299. 裘錫圭先生〈說「𤼲𤼲白大師武」〉,《考古》1978 年 5 期。收入《古文字論集》(北京:中華書局,1992),頁 357～358。

300. 裘錫圭先生〈談𢦏簋的兩個地名——棫林和胡〉,《考古與文物叢刊》第二號《古文字論集(一)》,1983。收入《古文字論集》(北京:中華書局,1992),頁 386～392。

301. 裘錫圭先生〈戰國璽印文字考釋〉,《古文字研究》第十輯(1983),頁 78～100。收入《古文字論集》,頁 469～483。

302. 裘錫圭先生〈說僕庸〉,《紀念顧頡剛學術論文集》上冊,巴蜀書社,1990。收入裘錫圭先生《古代文史研究新探》(江蘇古籍出版社,1992),頁 366～386。

303. 裘錫圭先生〈古文字釋讀三則——三・釋「遷」「寓」〉,《徐中舒先生九十壽辰紀念文集》,成都:巴蜀書社,1990。收入《古文字論集》,頁 395～404。

304. 裘錫圭先生〈西周銅器銘文中的「履」〉,《甲骨文與殷商史(第三輯)》,上海:上海古籍出版社,1991。收入《古文字論集》,頁 364～370。

305. 裘錫圭先生〈西周糧田考〉,1993 年西安周秦文化學術討論會論文,1993。

306. 裘錫圭先生等〈晉侯蘇鐘筆談〉,《文物》1997 年 3 期,頁 54～66。

307. 裘錫圭先生〈甲骨文中的見與視〉,《甲骨文發現一百周年學術研討會論文集》(臺北:文史哲出版社,1998),頁 1～5。

308. 聞宥〈「于」「於」新論〉,《中國語言學報》第二期(1984),頁 44～48。

309. 賓暉〈金文試釋二則〉,《江漢考古》1985 年 1 期,頁 60～62。

310. 趙誠〈金文的「于」〉,《語言研究》1996 年 2 期,頁 105～110。

311. 齊思和《中國史探研》,北京:中華書局,1981。

312. 劉雨〈多友鼎銘的時代與地名考訂〉,《考古》1983 年 2 期,頁 152～157。

313. 劉雨〈西周金文中的軍禮〉,東莞:紀念容庚先生百年誕辰暨中國古文字學國際學術研討會論文,1994。

314. 劉雨〈金文荼京考〉,《考古與文物》1982 年 3 期,頁 69～75。

315. 劉桓〈多友鼎"京𠂤"地望考辨〉,《人文雜志》1984 年 1 期,頁 125～126。

316. 劉釗《古文字構形研究》,吉林大學考古系博士論文,1991。

317. 劉釗〈《金文編》附錄存疑字考釋(十篇)〉,《人文雜志》1995 年 2 期,頁 102～109。

318. 劉釗〈談史密簋銘文中的「眉」字〉,《考古》1995 年 5 期,頁 434～435。

319. 劉釗〈讀秦簡字詞札記〉,《簡帛研究》第二輯(北京:法律出版社,1996),頁 108～115。

320. 劉啓益〈西周穆王時期銅器的初步清理〉,《古文字研究》第十八輯(1991),頁 326～389。

321. 劉啓益〈晉侯蘇編鐘是宣王時銅器〉,《中國文物報》1997 年 3 月 9 日。

322. 劉翔〈多友鼎銘兩議〉,《人文雜志》1983 年 1 期,頁 82～85。

323. 劉節〈麥氏四器考〉,《古史考存》(人民出版社,1958),頁 350～355。原載《浙江學報》第一卷第一期,1947。

324. 滕壬生《楚系簡帛文字編》,武漢:湖北教育出版社,1995。

325. 蔣廷錫《尚書地理今釋》,臺灣:商務印書館,1971。

326. 蔡哲茂先生〈談周代的「執駒」禮〉,《故宮文物月刊》第九卷第三期(1991),頁 104～111。

327. 蔡運章〈《𧻚師》新解〉,《中原文物》1988 年 4 期,頁 56～58,100。

328. 蔡運章〈洛陽名稱溯源——兼辨我國的三條洛水和兩座女兒山〉,《甲骨金文與古史新探》(北京:社會科學出版社,1996),頁 279～283。

329. 鄭杰祥《商代地理概論》,中州古籍出版社,1994。

330. 鄭杰祥〈殷墟卜辭所記商代都邑的探討〉,《甲骨文發現一百周年學術研討會論文集》(臺北:文史哲出版社,1998),頁 237～256。

331. 鄭樵《通志二十略·氏族略第三》,北京:中華書局,1995。

332. 盧忠、甘華蓉〈中國地名區劃初探〉,《西南師範大學學報》1995 年 1 期,頁 80～85。

333. 盧連成、羅英杰〈陝西武功縣出土楚簋諸器〉,《考古》1981 年 2 期,頁 128～133。

334. 盧連成、尹盛平〈古矢國遺址墓地調查記〉,《文物》1982 年 2 期,頁 48～57。

335. 盧連成〈周都淢鄭考〉,《考古與文物》叢刊第二輯《古文字論集》(1983),頁 8～11。

336. 盧連成〈序地與昭王十九年南征〉,《考古與文物》1984 年 6 期,頁 75～79。

337. 盧連成〈西周金文所見新邑、成周〉,《文史集林》第二輯(西安:三秦出版社,1987),頁 138～156。

338. 盧連成〈西周豐鎬兩京考〉,《中國歷史地理論叢》1988 年 3 輯,頁 115～152。

339. 盧連成、胡智生《寶雞弓魚國墓地》,北京:文物出版社,1988。

340. 盧連成〈論商代、西周都城形態〉,《中國歷史地理論叢》1990 年 3 輯,頁 143～160。

341. 盧連成〈西周金文所見葊京及相關都邑討論〉,《中國歷史地理論叢》1995 年 3 輯,頁 97～127。

342. 錢穆《史記地名考》,臺北:三民書局,1984。

343. 薛尚功《歷代鐘鼎彝器款識法帖》,臺北:廣文書局,1985。

344. 薛國屏等編《中國地名辭典》,上海:上海辭書出版社,1990。

345. 謝彥華〈古代地理研究〉,《國立中山大學語言歷史研究所週刊》第七集第八十一期(1929),頁 3279～3287。

346. 鍾柏生先生《殷商卜辭地理論叢》,臺北:藝文印書館,1989。

347. 鍾柏生先生〈卜辭中所見的殷代軍政之一——戰爭啓動的過程及其準備工作〉,《中國文字》新十四期(1991),頁 95～156。

348. 鍾柏生先生〈史語所藏殷墟海貝及其相關問題〉,《中央研究院歷史語言研究所集刊》第六十四本第三分(1993),頁 687～720。

349. 鍾鳳年、徐中舒等〈關于利簋銘文考釋的討論〉,《文物》1977 年 6 期,頁 77～84。

350. 韓光輝〈論中國地名學發展的三個階段〉,《北京社會科學》1995 年 4 期,頁 95～100。

351. 顏世鉉《包山楚簡地名研究》,臺灣大學中國文學研究所碩士論文,1997。

352. 羅西章、吳鎮烽、雒忠如〈陝西扶風出土西周伯𡙏諸器〉,《文物》1976 年 6 期,頁 51～60。

353. 羅西章〈西周王盂考——兼論葊京地望〉,《考古與文物》1998 年 1 期,頁 76～81。

354. 羅振玉《貞松堂集古遺文》,香港:崇基書店,1968。

355. 羅振玉《殷虛書契續編》,臺北:藝文印書館,1970。

356. 羅振玉《增訂殷虛書契考釋》,臺北:藝文印書館,1981。

357. 羅振玉《三代吉金文存》,北京:中華書局,1989。

358. 羅福頤《古璽文編》,北京:文物出版社,1981。

359. 譚戒甫〈西周晚季盂器銘文的研究〉,《人文雜志》1958 年 2 期,頁 97～107。

360. 譚其驤《中國歷史地圖集》,香港:三聯書店,1991。

361. 饒宗頤《殷代貞卜人物通考》,香港:香港大學出版社,1959

362. 顧祖禹《讀史方輿紀要》,臺北:洪氏出版社,1981。

363. 顧頡剛遺著〈徐和淮夷的遷留〉,《文史》第三十二輯,1990,頁 1～28。

364. 酈道元注、楊守敬.熊會貞疏《水經注疏》,臺北:莊嚴出版社,1991。

引書簡稱對照表

1. 《史徵》──《西周青銅器銘文分代史徵》

2. 《銘文選》──《商周青銅器銘文選》

3. 《集成》──《殷周金文集成》

4. 《合集》──《甲骨文合集》

5. 《屯南》──《小屯南地甲骨》

6. 《大系》──《兩周金文辭大系攷釋》

7. 《綜述》──《殷虛卜辭綜述》

8. 《謏異》──《春秋大事表列國爵姓及存滅表謏異》

9. 〈斷代〉──〈西周銅器斷代〉

10. 《法帖》──《歷代鐘鼎彝器款識法帖》

11. 《類纂》──《殷墟甲骨刻辭類纂》

附錄一　西周金文地名索引

西周金文地名索引

【五畫】		
句陵	陝西高陵	44
句商兒	西方	80
甲	西方	81
世	西方（鞏以西）	103
玄水	陝西黑水	109
由𠂤	南方	202
【六畫】		
同（同道）	陝西隴縣至寶雞一帶	73
州	陝西隴縣至寶雞一帶	73
西俞	西方	82
西	甘肅天水	84
成周	河南洛陽	117
伊	伊水	139
朽𠂤	河南內黃	186
成𠂤	東方	165
早		247
庍		250
戍		272
列		280
【七畫】		
豆	陝西隴縣至寶雞一帶	74
言	西方	79
彶	西方	79
巠	陝西涇河	105
㠱	南方	
余土		237
杜木		242
角津		268
【八畫】		
周	陝西扶風、岐山	19
宗周	陝西灃水東岸	27
周（周道）	陝西隴縣至寶雞一帶	70
京𠂤	陝西邠縣	90

河	黃河	112
長樈	東方	142
牧𠂤	河南淇縣	147
炎（炎𠂤）	山東郯城	159
長必	東方	167
直（直啚）		241
東門		246
【九畫】		
复（复鬓）	陝西隴縣至寶雞一帶	79
洛	洛水（渭北）	112
匽	西方	116
柬	東方	142
南山	南方	150
珇𠂤	南方	
眠敝		222
待劃		225
莽		
是		247
冥土		256
述土		278
【十畫】		
旁（菱京）	陝西（宗周附近）	
芻（芻遷、芻衛）	陝西隴縣至寶雞一帶	63
剴（剴桙）	陝西隴縣至寶雞一帶	67
原（原道）	陝西隴縣至寶雞一帶	69
榔木道	陝西隴縣至寶雞一帶	72
高陶	西方	88
涇	陝西涇河	105
班	東方	141
洀/水（洀/）	南方	153
阢	東方	167
雪谷		242
旅桑		243
殷		246
啟		250

喜		258
倗		259
桐遹		269
剛		276
柈		276
【十一畫】		
減	陝西鳳翔	47
雫	陝西隴縣至寶雞一帶	60
陵	陝西隴縣至寶雞一帶	68
㜑（㜑莫）	陝西隴縣至寶雞一帶	71
埜	西方	113
敏	東方	132
焌（焌谷）	伊水上游	138
華	河南新鄭	195
淮	淮河	216
異		235
商𠂤		240
含		247
隆		279
淖列		280
淖		280
【十二畫】		
奠	陝西華縣或鳳翔	41
隊	西方	55
陕	陝西隴縣至寶雞一帶	61
陕陵	陝西隴縣至寶雞一帶	68
渒	西方	114
跳	西方	
寒山	西方	116
湢	東方	
裕敏	東方	132
裕	東方	132
曾	南方	204
寒	南方	209
彭	南方	211

畄		220
量		272
棫		277
【十三畫】		
蒡京（蒡）	陝西（宗周附近）	
戜	西方	56
旈	陝西隴縣至寶雞一帶	75
陣原	甘肅固原	89
筍	陝西旬邑	100
楊冢	西方（蒡以西）	104
漏	泠水（渭南）	110
新邑	河南洛陽	117
楚蓉	湖北荊山	213
葝	山東范縣	171
新崇		255
慶		260
【十四畫】		
敤鹹（敤鹹桎木）	陝西隴縣至寶雞一帶	62
巢（巢道）	陝西隴縣至寶雞一帶	68
斠	陝西隴縣至寶雞一帶	70
槱	西方	81
署	西方	87
康	西方	115
隤陽洛	東方	133
澮陽洛	東方	133
熕川	南方	154
壺昌	南方	189
漢	漢水	
遯魚		238
嘗		254
劗		269
【十五畫】		
濡	陝西隴縣至寶雞一帶	57
履	陝西隴縣至寶雞一帶	
戲	南方	194

嬰		224
諆田		229
潮黑		239
諆		279
【十六畫】		
蕁	陝西灃水東岸	
謷言	西方	79
罶鬳	西方	106
薫鹹	山東鄆城	
鹹林	河南葉縣	191
歷內	南方	200
穆		223
遹		269
冀		270
【十七畫】		
鼎戮泉	東方	
鼎	東方	
戮泉	東方	
繇林		219
螯白		227
【十八畫】		
豐	陝西灃水西岸	32
競	西方	80
邊谷		243
繛		253
【十九畫】		
瀘	西方	82
鄩	河南成皋一帶	157
夒障眞山		263
邊柳		275
【二十畫】		
礬陜	陝西隴縣至寶雞一帶	61
㘚	西方	78
罻	西方	78

韠	甘肅涇川	102
隬		253
【二十畫以上】		
讎戈（讎）	西方	
遘	東方	126
嚞	東方	142
薲	山東范縣、東平之間	178
巏師		231
巏白		231
【難檢字】		
宔	西方	55
谷（谷遽道）	陝西隴縣至寶雞一帶	71
䊮	西方（筍以西）	101
㿹	西方	107
䍩白	東方	161
秒	河南（南陽盆地）	197
㘡		235
劚		239
秒		274
鬱		

附錄二　圖　版

圖一　矢令方彝

圖二　同簋

圖三　史牆盤

圖四　德方鼎

圖五　三年㿿壺

圖六　元年師旋簋

圖七　蔡簋

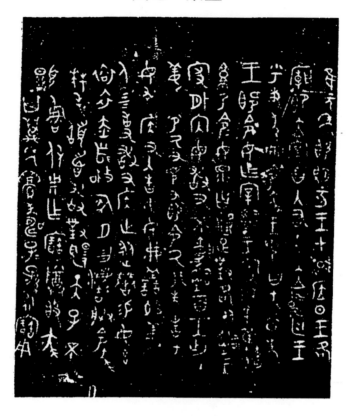

圖八　長由盉

圖九　卯簋

圖十　散氏盤

圖十一　曶比盨

圖十二　不嬰簋

圖十三　大克鼎

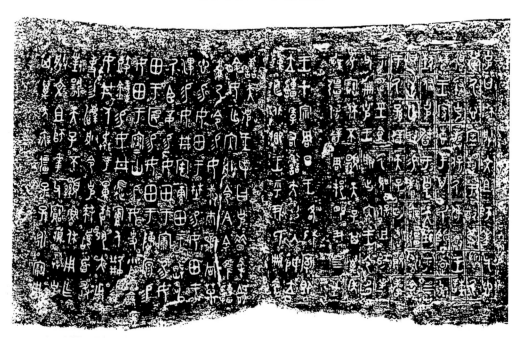

圖十四　克鐘

圖十五　多友鼎

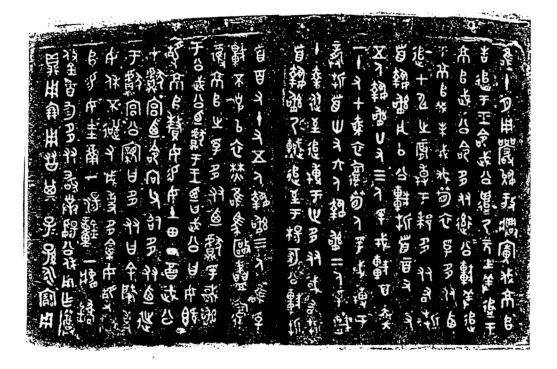

圖十六　兮甲盤

圖十七　趞曶蓋

圖十八　御正衛簋

圖十九　曶鼎

圖二十　敔簋

圖二十一　師永盂

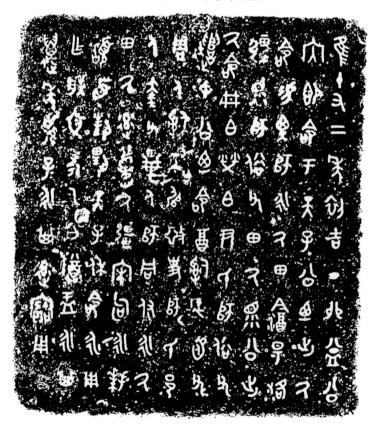

圖二十二　新邑鼎

圖二十三　利簋

圖二十四　戌嘼鼎

圖二十五　作父乙簋

圖二十六　宰椃角

圖二十七　小臣謎簋

圖二十八　師艅鼎

圖二十九　不栺方鼎

圖三十 啟卣

圖三十一 中甗

圖三十二　啟尊

圖三十三　競卣

圖三十四　夨方鼎

圖三十五　夨簋

圖三十六　作冊睘鼎

圖三十七　命簋

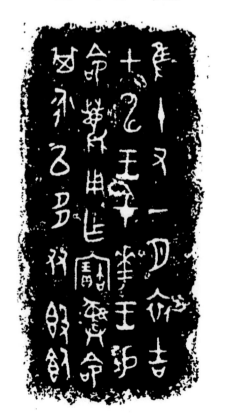

圖三十八　大夫始鼎

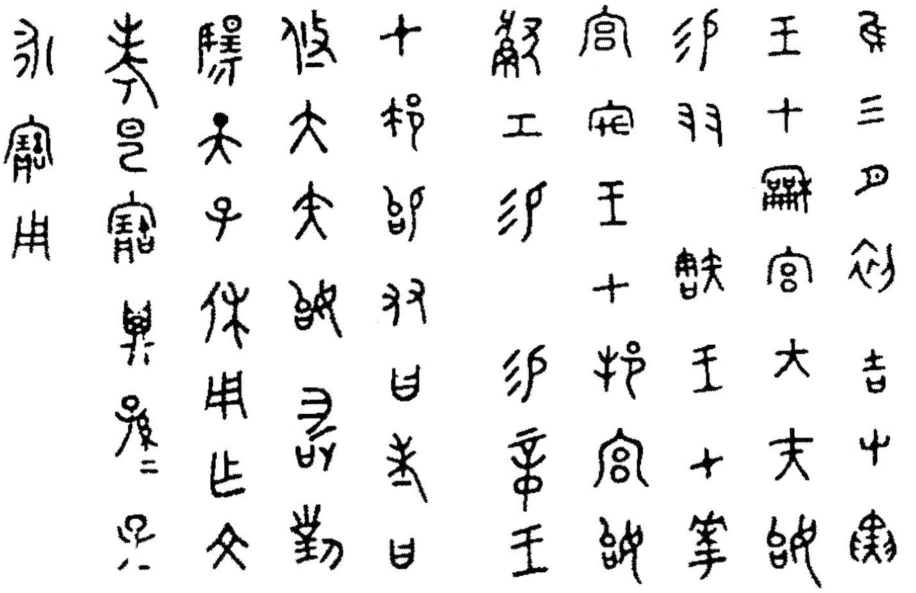

圖三十九　何簋

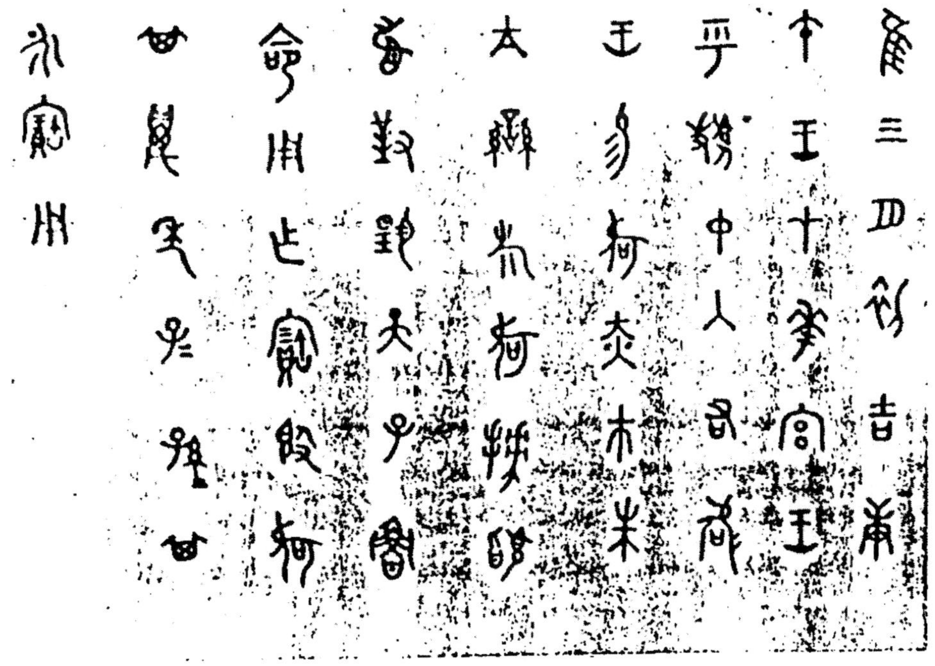

圖四十　華季益盨

圖四十一　噩侯馭方鼎

圖四十二　禹鼎

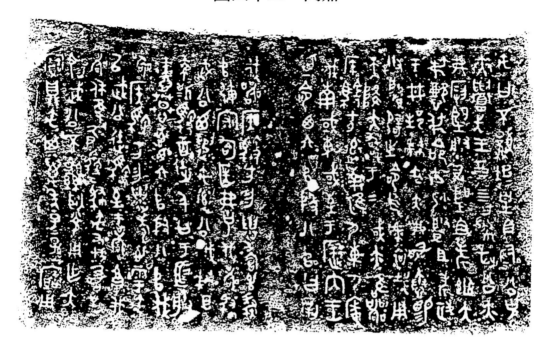

圖四十三　遇甗

圖四十四　穬卣

圖四十五　彔戜卣

圖四十六　㳄尊

圖四十七　中方鼎

圖四十八　玔方鼎

圖四十九　小臣夌鼎

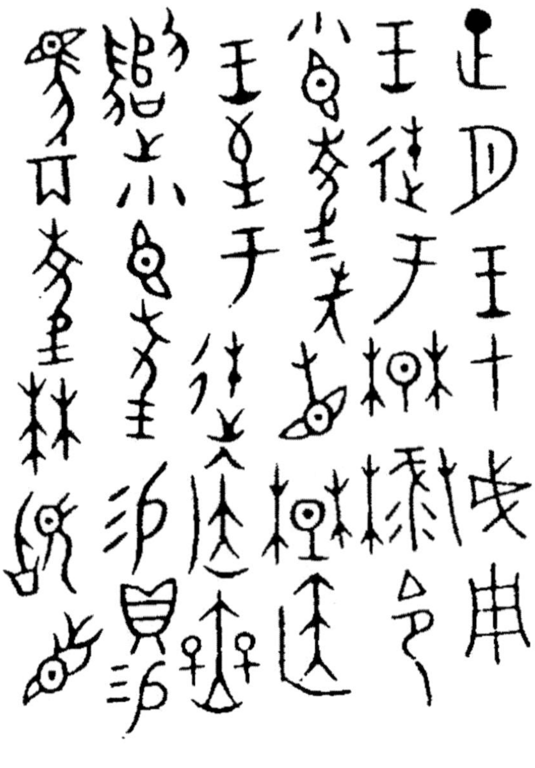

圖五十 駒父盨蓋

圖五十一 小臣單觶

圖五十二　辛簋

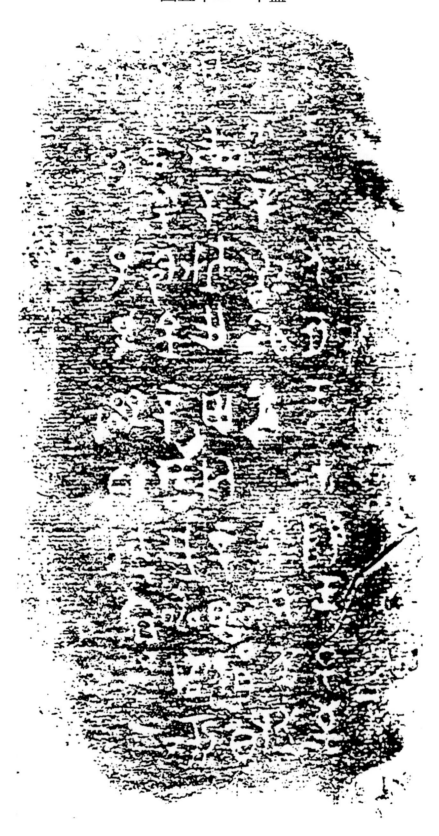

圖五十三　史密簋

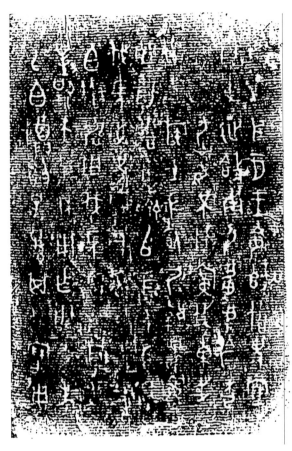

圖五十四　晉侯穌編鐘

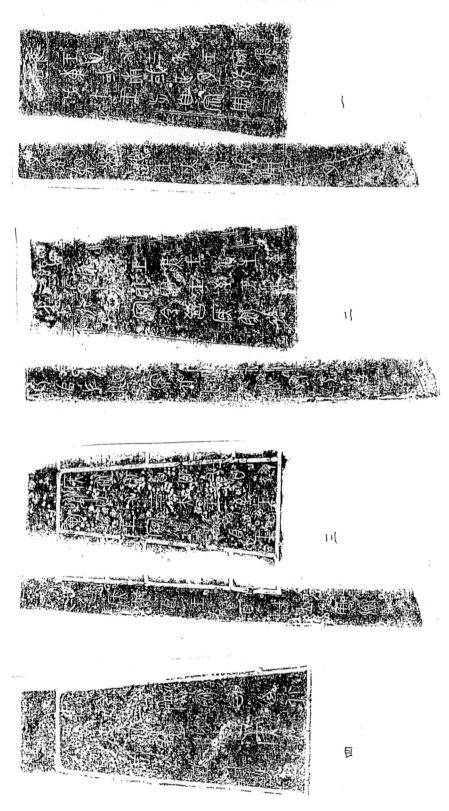

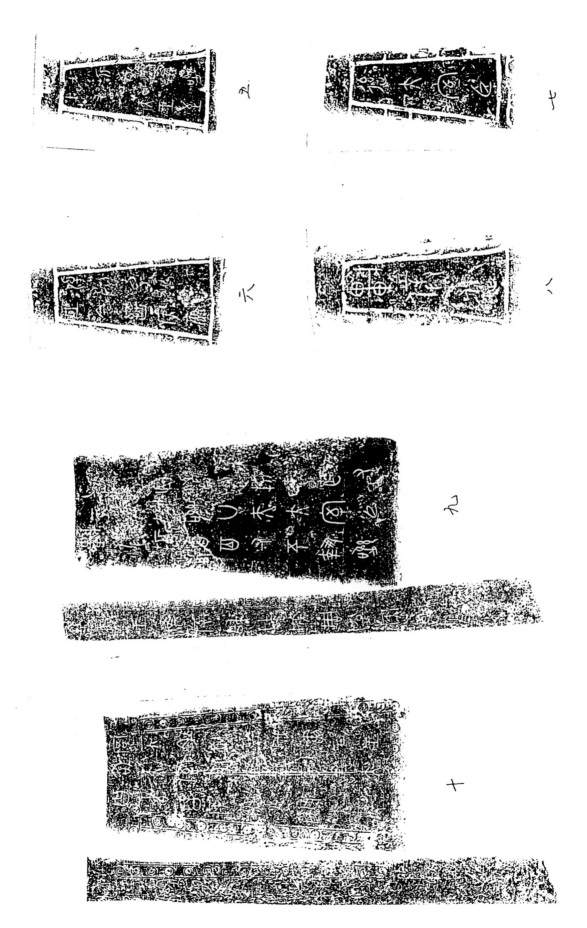

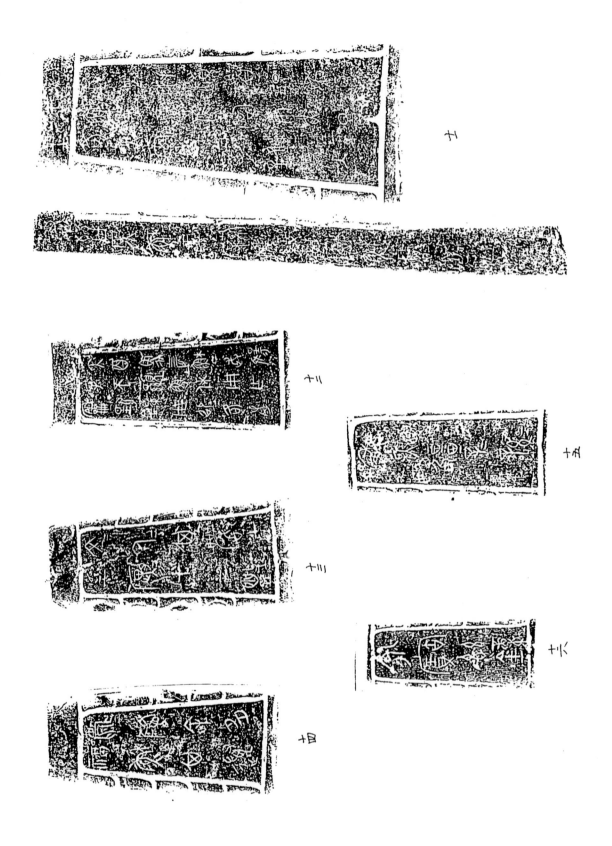

圖五十五　班簋

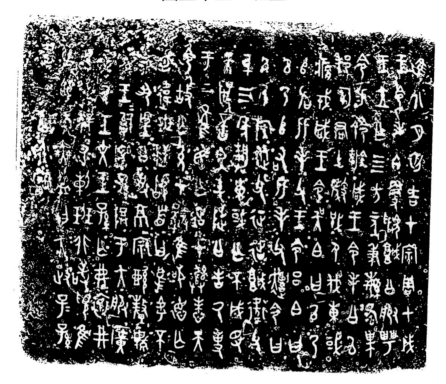

圖五十六　君姞鬲

圖五十七　　趠弔鼎

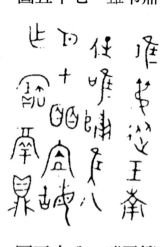

圖五十八　　趠弔簋

圖五十九　　征人鼎

圖六十　　員方鼎

圖六十一　　夨方鼎

圖六十二　旟鼎

圖六十三　旅鼎

圖六十四 令鼎

圖六十五　師旂鼎

圖六十六　善鼎

圖六十七 趞簋

圖六十八 魯侯尊

圖六十九　大保簋

圖七十　章伯馭簋

圖七十一　穆公簋蓋

圖七十二　恆簋蓋

圖七十三　倗生簋

圖七十四

趞卣　　　　　　　　　　　趞尊

圖七十五

器

作冊睘卣

作冊睘尊

圖七十六　作冊𥃲尊　作冊𥃲觥　作冊𥃲方彝

作冊𥃲尊

作冊𥃲觥

作冊𥃲方彝

圖七十七　盠尊

圖七十八　麥尊

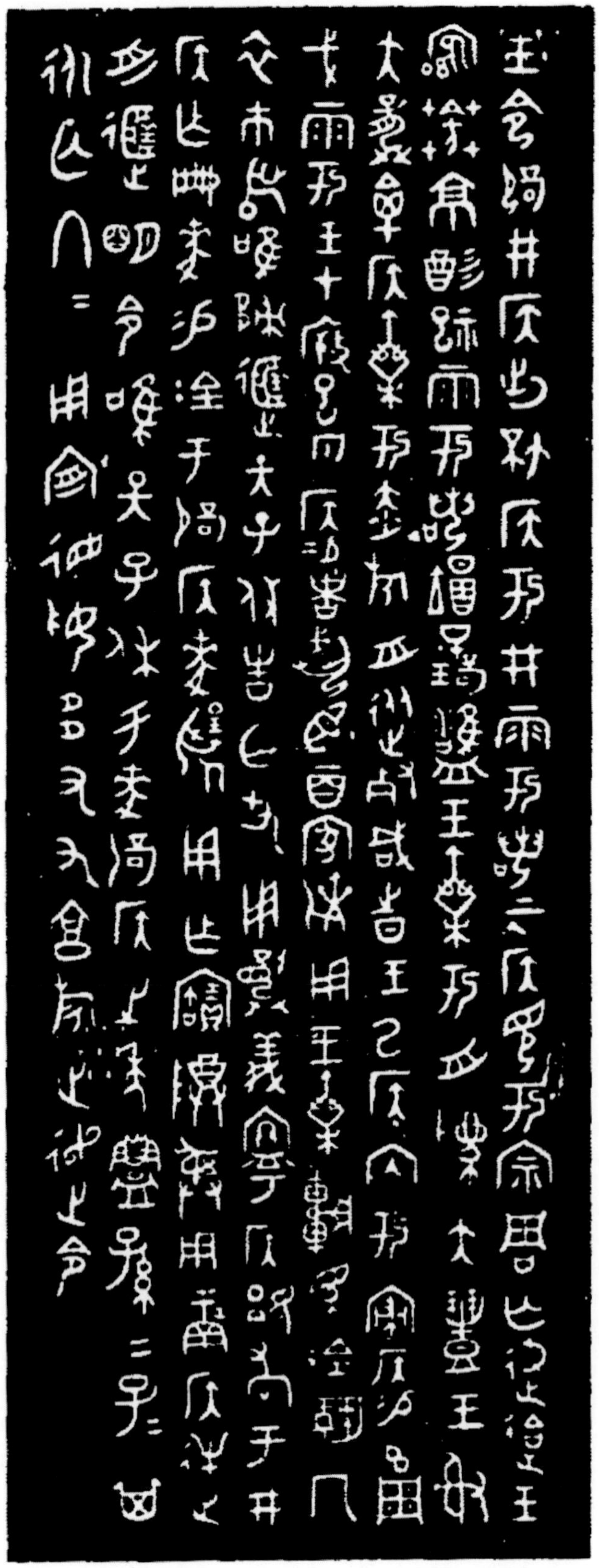

圖七十九　農卣

圖八十

效卣　　　　　　　　　效尊

圖八十一　臣衛父辛尊

圖八十二　冒鼎

圖八十三　保員簋

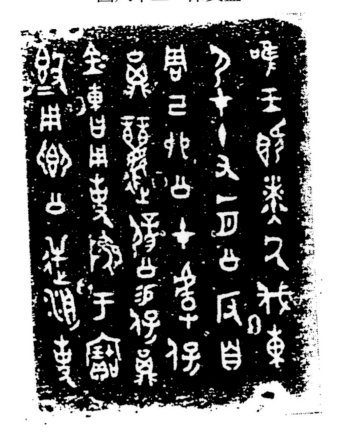

圖八十四　中方鼎

圖八十五　翏生盨

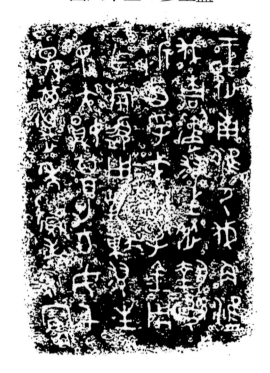

圖八十六　作冊令簋

圖八十七　揚簋

圖八十八　逦盂

附錄三　西周金文地名簡圖

簡圖一　西方地名

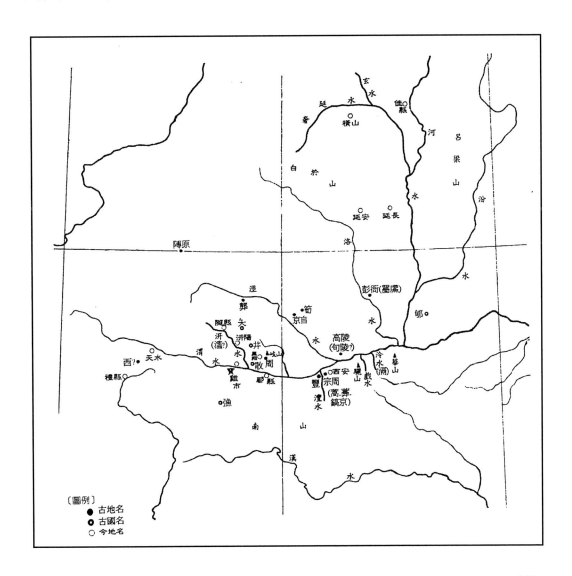

簡圖二　東方地名

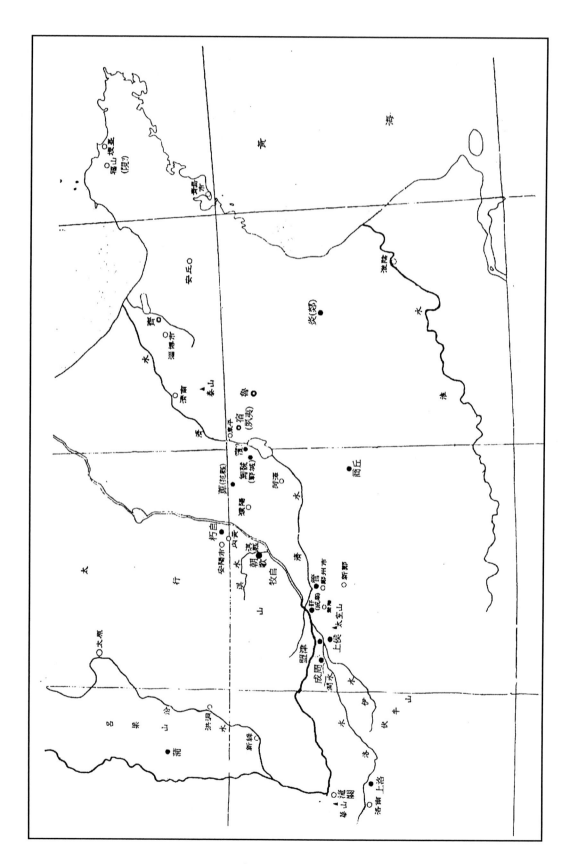

簡圖三　南方地名

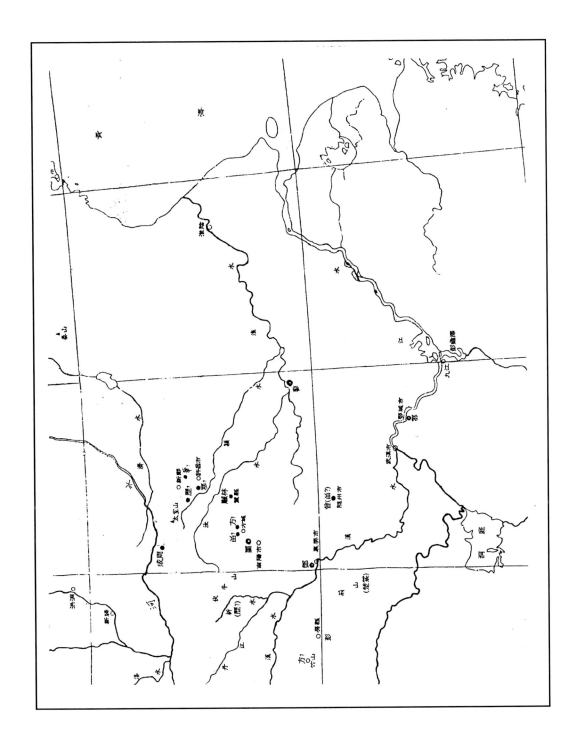